KB063083

공범연습

공범연습

배석봉 소설

개미

내게 소설은 무엇일까?

표제작인 「공범연습」이 건대학보에 실려 문자화된 것이 1977년 말이고 직장인 신춘문예 소설부문 가작으로 등단하여 이름 앞에 '소설가'란 호칭을 붙일 수 있게 된 것이 2018년 3월이니, 처음 소설을 쓰기 시작했을 때부터 보면 그 시간의 벌어짐이 40년이 조금 넘는다.

그 지나온 사십 몇 년의 시간. 소설과는 무관하게 보낸 것처럼 보이는 그 긴 시간이, 스무 살에 열심히 소설을 쓰고자 했던 내게는 의미없이 흘러간 빈 시간이었는지 아니면 앞날을 위한 연륜의 폭을 다졌던 시간이었는지는 알 수 없다.

영상시대를 대변하는 틱톡이나 소설보다 훨씬 흥미진진한 합종연횡의 라이프 스토리가 난무하는 지금, 독자들이 온전히 자신의 시간을 집중해서 읽어야 하는 소설책을 내기로 한 것은, 그것도 대학생 때 쓴 선무당처럼 투박하고 방황하는 글을 모아 소설집으로 묶어볼까 생각한 것은 좀 대단히 무모한 일이기는 하나 앞으로 소설을 써나가는데 새로운 전기를 만들기 위함도 있다.

또한, 대학시절 담배연기로 꽉 찬 너구리굴 같은 방에 누워 소설을 쓰고 항상 공수표로 끝난 전 신문사의 신춘문예를 한 해에 석권해보겠다는 야심찼던 독기와 대학시절에 쓴 글들이 2030세대에게는 어떻게 받아들여질 것인가에 대한 궁금함에 덧붙여 무엇보다도 더 이상 글을 쓰는데 시간이 없다는 자기도피식 변명을 더 이상 하지 못하게 할 자기최면도 한몫을 했다.

열심히 책을 읽고 글을 쓰던 그 열정을 함께 나눴던 '건국문단' 문우들과 '건대신문사' 글쟁이들의 멋진 열정이 이 책 발간의 주춧돌이 되었다.

이 책의 출간에 동기를 부여하고 적극적으로 도움을 주신 한국문화컨텐츠21 운영위원님들과 미흡한 글의 생명을 불어넣는 평을 써주신 문학평론가 김종회선생님 및 나의 첫 작품집을 멋지게 발간해주신 개미출판사에 깊은 감사의 말씀을 드린다.

2022년 1월
배석봉

차례

공범연습

음산한 겨울바람은 마른하늘에서 윙윙거리고 있다. 멋없이 휑하니 서 있는 전신주 줄들도 소리 내어 울어 댄다. 털외투 깊숙이 목을 움츠린 사내는 더 이상 보이지 않는다. 이제 겨울은 더 이상의 새로운 사랑을 강요하지 않는다. 울지 않는 사내들만이 역한 냄새를 피우며 가물거리는 포장마차 카바이드 불빛 아래서 묵묵히 술잔을 기울이고 있다. 젊은 연인들은 겨울밤을 사랑한다. 숨은 연정이 두 눈을 통해 나타나고 있는 것을 그들은 알고 있다. 남자의 소유욕이나 여자의 의지욕이 아닌 둘만이 아는 밀실을 꾸려 내고 있기 때문이다.

하지만 이런 음산한 겨울밤에는 고독한 사내들끼리 술을 마신다.

"노형. 임어당이 쓴 주도에 관한 글을 읽어 보셨소?"

"……"

옆에 앉은 사내가 아무런 대답이 없자 가운데 사내는 기분 나쁘다는 듯이 새로 소주를 한 잔 들이키고는 이젠 내게 묻는다.

"형씨. 임어당이 쓴 주도에 관한 글을 읽어 보셨소?"

"네."

아마 사내는 나에게서 반문이 나오기를 기대했는지도 모른다. 그러나 까마귀가 얼어 죽을지도 모를 만큼 쓸쓸한 겨울밤의 포장마차에서는 이야기보다는 술을 마시는 게 최고인 것이다. '미성년자 관람 불가'라고 붉은 글씨가 쓰인 어떤 영화를 맨 구석에서 보며 저럴 수가 있을까? 저럴 수가 있을까 하며 부들부들 떨던 기억이 난다. 하지만 그 다음부터는 눈 가리고 아옹하는 식의 불가 영화관의 한 구석 자리는 으레 내 자리가 되어 버렸다.

"형씨. 이런 날에 주도에 맞추려면 어떤 식으로 술을 먹어야 할까요?"

사내는 넉살좋게 계속 치근댄다.

"글쎄올시다. 사랑하는 사람과 마주앉아 오붓이 먹어야 한다고나 할까요? 하지만 분명한 것은 형씨나 나나 지금 마시고 있는 이런 방법은 날씨를 좀 더 을씨년스럽게 만들 뿐이죠."

정말 그럴까 하고 말을 하면서도 나는 의심스러웠다. 거추장스런 옷들을 활활 벗어버리고 마음껏 웃고 싶다. 순수하게 행해지지 못하고 있는 남녀의 정사 장면이 겹친다. 겁탈과 매음의 구실 속에서 알게 모르게 썩어 가고 있는 육신들이 있는 것이다. 이젠 차도 잘 다니지 않는지 소리는 아득한 곳에서 가끔씩 들려온다.

"노형은 여자를 간음해 본 적이 있습니까?"

사내는 사뭇 심각하게 묻는다. 고이 간직해 온 순결은 신혼방의 첫 잠자리에서 주어야 한다는 윤리 의식에 사내는 일침을 놓고 있는 것이다.

"유감스럽지만 없습니다."

나는 마치 죄를 지은 사람마냥 기어들어 가는 소리
로 대꾸했다. 스멀스멀 다족류들이 온몸을 기어다니고
있는 것 같다. 추운 겨울 날씨인데도 몸에서 땀이 난
다.

"그러면 노형은 매음은 해 본 적은 있습니까?"

매음은 나도 해 본 적이 있다. 원색의 조명등 속에서
그녀는 나를 이리저리 끌고 가고 있었다. 그녀는 능수
능란하게 나를 이끌었고, 어두운 방에서 더듬더듬 방
바닥을 더듬으며 담배를 찾고 있을 때도 그녀는 거머
리마냥 붙어 있었다. 퀴퀴한 곰팡이 냄새가 방에서 났
다.

"없소."

나는 이것은 거짓말을 할 수밖에 없었다.

사내는 더 이상 말없이 자작으로 서너 잔을 들이켰
다. 그리고는 충혈된 눈으로 나를 쏘아보았다. 십대 강
간 미수범을 심문하고 있는 형사와 같이 아주 날카롭
게 눈을 번뜩이면서 노려보았다.

"가시죠."

얼토당토않은 말을 사내는 내게 했다. 대체 사내는

공범연습

뭘 어쩌겠다는 것인가. 하지만 나는 약간 얼큰한 기분이었고 가 봤자 고린내밖에 안 나는 서른 노총각 자취방보다는 나을 것 같기도 했다.

대답 없이 엉거주춤하고 있는 나를 보고 사내는 다시

"저 일어나시죠. 별일 없으면 말입니다."

그 별일이 없으면 가자는 사내의 말투는 마치, '너같은 자식이 어디 갈 데가 있느냐. 가자면 가는 거지' 하는 식이었다.

길을 가며 사내에게 물었다.

"어딜 가시는 거죠?"

"지금 아홉 시 반이니까 두 시간만 같이 있어 주시죠."

"……"

매운바람이 뺨을 스치고 지나간다. 사내는 낡은 검정색 외투에 손을 찌르고 앞서서 걷고 있다.

"제가 군에 있을 때 이런 일이 있었죠."

사내는 전혀 나를 안중에 두지 않은 듯한 얘기를 꺼냈다.

"짜식은 대학교 2년을 마치고 군에 들어왔죠. 머리가 잘 돌아가서 중대장 따까리를 했죠. 사랑하던 애인이 있었던 모양입니다. 계속 편지가 왔는데 답장은 전혀 보내지를 않더군요. 복무 중 휴가는 한 번도 안 나갔습죠. 왜 그런지 좀 이상한 녀석이라 생각했지만, 행동에는 하나도 이상한 게 없었죠."

사내는 일단 여기서 말을 끊었다. 그리고는,

"시간이 좀 있으니 한잔 더 하러 가죠."

나는 고개를 끄덕거리는 것으로 동의를 했다. 아무것도 아닌 듯 흘리는 사내의 얘기가 나의 관심을 끌었기 때문이다. 사내 얘기에 작년에 자살한 복수가 생각났다. 나는 아직 녀석이 무엇 때문에 죽었는지 모른다.

사내는 어떤 맥주홀로 들어갔다. 홀에는 관능적인 욕구를 흘리고 있는 여인 서넛이 앉아 있었다. 홀 안은 여인들이 내뿜는 독한 냄새로 가득 차 있었다. 훔쳐 보이는 칸막이 너머에는 초점 풀린 검은 눈을 허공으로 향한 여인이 가벼운 신음 소리를 내고 있었다. 끈적끈적한 타액이 교환되고 있는 소리가 들리는 것 같았다.

사내가 먼저 앉으며 자리를 권했다.

"앉으시죠."

"……"

복수 생각 때문에 다소 기분이 우울해져서 묵묵히
자리에 앉았다. 우리는 여자를 부르지 않았다.

"그 자식은 제대 한 달을 남겨놓고 휴가를 신청했죠.
중대장은 지금까지 눌어붙어 있던 녀석이 갑자기 휴가
를 신청한 것을 이상하게 생각하며 처음에는 거절했
죠. 무엇보다 한 달만 있으면 제대를 하니까 말이죠.
하지만 녀석은 말년 휴가를 가고 싶다고 했죠. 그런데
녀석은 휴가 날짜를 넘기고도 돌아오지 않았죠."

사내의 얘기를 들으며 담배에 불을 붙였다. 한 모금
깊게 빨아들였다. 말년 휴가를 가서 미귀한 이유가 뭘
까. 원색 불빛 아래의 사내는 헝클어진 머리를 그냥 두
고 있었다. 담배연기는 조그마한 테이블 위에서 춤을
추고 있었다. 사내는 앞에 놓인 맥주를 한 잔 들이켰
다.

"그리고 그놈의 소식을 받은 것은 열흘쯤 지나서였
죠. 그동안 편지를 보냈던 여자와 같이 음독자살을 했
다더군요. 다행인지 불행인지는 모르겠으나 여자는 살

아났다더군요."

그리고는 신경질적으로 담배를 한 대 빼어 물고는 벽에 붙은 사진을 보았다. 비키니 차림의 아가씨가 사내를 보며 시원스럽게 웃고 있었다.

사내는 갑자기 냉정해졌다.

"형씨는 살인이나 자살을 하고 싶은 기분은 안 드는지요?"

갑자기 정색을 하며 말하는 사내에게서 나는 싸한 두려움을 느꼈다. 복수의 자살에서 나도 죽음에 대해 생각한 적이 있다. 흔히 많은 사람들이 단순한 동기에서 죽음을 계획하고 있다는 것을 읽은 적이 있다. 여인의 킥킥대며 웃어 젖히는 표정에서나, 난로 끝에 달린 고드름이 노랗게 되어 가는 것에서나, 자기가 지독히 좋아하는 가수나 배우도 술 먹고 방뇨한다는 것에서도, 살고 싶은 욕망을 상실한다고도 했다.

그런데 이 생면부지의 사내가 내게 자살을 다시 강요하고 있는 것이다. 나도 그런 적이 있기는 했다. 디에이치 로렌스에 빠졌을 때였다. 잿빛 영국의 풍경과 장원이 나를 우울하게 했다. 채털리 부인의 이성에의

　　　　공범연습

눈뜸을 그려내는 로렌스의 뛰어난 글발과 묘사력이 나를 압박하고 있었다. 인간이 가지는 가장 솔직한 면을 적어도 그는 그려내고 있었다. 채털리 부인이 유유히 장원을 거닐 수 있다는 것을 이해할 수 있었다.

"글쎄요."

나는 한참만에 이렇게 답했다. 사실 그가 왜 이런 질문을 내게 하는지조차도 알지 못하고 있다.

복수는 아주 우습게 죽었다. 그는 죽기 일주일 전에 나를 찾아왔었다. 그리고 둘은 나가서 진창 퍼마셨다. 마시고 마셔 코가 틀어지고 입이 비뚤어지도록 마셔도 모자라 또 마시고 마셨다. 처음에는 술을 마셨으나, 어느 순간 우리가 술을 마시는 건지, 술이 우리를 마시는 건지를 모를 지경이 될 때까지 갔다. 언제나 우리는 술을 마실 때 같이 마시는 상대가 있다는 것으로 만족했었고, 전봇대에 개처럼 한쪽 다리를 들고는 방뇨를 했다. 둘은 술이 가슴속에 응어리져 있는 모든 묵은 찌끼를 가라앉히는 것으로 믿고 있었다. 그리고는 홀아비 냄새가 배어 있는 키보다 낮은 방으로 기어 들어가 아무 구석에서나 잤다. 그런 날은 언제나 천장이 내려와 고개를 들지 못했다.

　그날도 역시 그랬었고, 다음날은 서럽다고 해장술을 먹으며 엉엉 울었다. 한 바가지씩의 눈물을 우리는 뽑아냈다. 그리고는 또 자고, 마시고 했다. 사흘인가 나흘째 되는 날 그는 말없이 방을 나갔고, 나는 그제야 그 어두컴컴하고 퀴퀴한 방을 기어 나와 햇볕을 구경했던 것이다.

　"나는 오늘이 살인하고 이틀째 되는 날입니다."

　사내는 다시 담배를 한 모금 깊숙이 빨면서 말했다. 말에 담고 있는 내용에 비해 사내는 죄의식을 느끼고 있지 않는 것처럼 보였다. 마치 당연한 일을 한 것처럼 지금까지 보다는 훨씬 의젓하게 그 말을 했다. 그는 담배를 조심스럽게 비벼 끄고는 맥주를 홀짝이며,

　"전 군대 친구의 애인을 오랫동안 만났죠. 그녀는 매력적이었습니다. 아마 형씨도 한눈에 홀딱 반할 수 있는 여자일 겁니다. 우리는 죽은 자를 사랑한다는 것에서 일체감을 가질 수 있었죠. 그녀는 스스럼없이 내게 몸을 맡겼죠. 동거생활을 했으나, 나는 친구의 죽음에 대해서는 아무런 말도 하지 않았죠. 그녀 역시도 제게

아무런 말을 해주지 않았죠. 그녀의 모든 것을 안다고 생각하며, 말해 주기를 기다린 제가 어리석은 것인지도 모르죠. 어쩌면 그녀도 알지 못할 것이라는 생각도 들었죠. 그런데 그녀를 죽이려고 마음먹은 것은 처음 만나 봐야겠다고 작정했을 때부터였죠."

사내는 맥주를 더 시켰다. 나는 먹을수록 술이 깨고 있었다.

복수의 뼛가루를 강물에 띄우고 오던 볕이 들지 않고 을씨년스런 날, 나는 처음으로 여자를 안았다. 그날 나는 동정을 버리고, 축 늘어진 젖무덤과 배때기를 아무렇게나 하고 자고 있는 여자 옆에서, 처녀성을 뺏긴 열여덟 소녀처럼 울었다.

새로운 담배를 물었다

"그녀는 예뻤죠. 이런 예쁜 여자를 두고 자식이 왜 휴가를 안 나갔는지를 모르겠더군요. 그가 군대에 오기 전이든 아니면 말년 휴가를 나가 그녀와 육체관계를 가졌는지는 잘 모르죠. 하지만 저는 육체관계를 안 가졌을 것이라 생각합니다. 왜냐면 제대 말년의 녀석은 거의 폐인이나 다름없었으니까요."

사내는 새로 따른 맥주를 벌컥벌컥 들이키고는, 입술을 소매 끝으로 닦으며 말을 이었다.

"여기서 형씨가 분명하게 알아두어야 할 것이 있습니다. 절대로 형씨는 그 자식이 죽은 것을 섹스와 연결시키지 말아 달라는 것입니다. 녀석은 아주 자신만만하며 매사를 주도면밀하게 이끌어 갔으니까요. 얼마든지 많은 여자들이 따라올 타입이죠, 형씨처럼 말입죠."

말을 마친 사내가 갑자기 웃어 제낀다. 순간 홀에 있던 아가씨들이 고개를 돌려 쳐다보고는 자기들끼리 떠들어댔다. 나는 멍하니 고소인지 미소인지 모를 웃음을 지을 수밖에 없었다.

"그녀에게 그 일을 물어보았지만 여자는 아무런 말이 없었죠. 나는 초조해지기 시작했죠. 여자가 아무런 말도 없이 가만히 있는 것은 참기 힘든 고통이었습죠. 그래서 제발 무슨 말이라도 좋으니 한마디만 해달라고 했죠. 그러나 그녀는 여전히 묵묵히 그냥 있더군요. 순간 그녀의 입술을 갖고 싶다는 생각이 들더군요. 그리고는 내 이빨로 그녀의 혓바닥을 깨물어 잘랐죠. 여인은 아무 소리도 없이 피를 흘리며 쓰러지더군요. 나는 아직도 끈적끈적한 침이 돌고 있는 그녀의 혓바닥을 입속에서 아작아작 씹었죠."

복수가 집을 나간 며칠 후 나는 그의 죽음을 맞았다. 그는 죽기 전에 어떤 암자에 머물다가, 여승을 훔친 후 바위에 머리를 박고 죽었다 했다. 나는 복수가 마땅히 해야 할 것을 실행한 것같이 생각했으며, 그의 시신을 화장할 때, 나는 죽어도 돌봐 줄 사람이 없다는 바보 같은 생각을 하며 혼자 자리를 지켰다.

사내와 나는 맥주홀을 나왔다. 싸락눈이 바람에 따라 날리고 있었다. 시계는 열한 시쯤을 가리키고 있었다. 사내와 약속한 시간이 삼십 분쯤 남았다.

마른 싸락눈 탓인지 건조하게 느껴졌다. 마른하늘 위에 둥둥 떠 있던 네온사인도 거의 꺼져 가고 있었다. 술집 골목의 어느 한 구석에서는 간드러진 여자의 웃음소리도 들리고, 술값 때문인지 핏대를 세운 한 옥타브 높은 쌍소리도 들렸다. 사내와 나는 말없이 걷기만 한다. 가끔 싸락눈이 얼굴에도 붙었다 떨어져도 쌓이지 못하는 눈들은 바람 부는 대로 이 구석 저 구석을 맴돌고 있었다.

"형씨, 우리 이름이나 알고 지냅시다."

사내는 자기는 김 아무개라고 말했지만 내 대답을 기다리는 폼은 아니었다. 나는 그냥 묵묵히 걸었다.

"김형, 눈 내리는 밤을 좋아하세요?"

이름 대신, 이런 우스운 질문을 나는 사내에게 던지고 말았다. 사내는 나의 첫 질문이 반가운 듯, 잠시 의아한 표정을 짓다가 싱긋 웃으며 답했다.

"아니요. 전혀 좋아하지 않습니다. 이런 날은 나를 잊어 먹게 되니까요. 심지어는 무엇을 하려고 했는지조차도 잊어버릴 때가 있었으니까요."

"형씨, 병신의 세계에서는 병신이 왕 노릇을 할 수 있으며, 애꾸의 세계에서는 애꾸가 왕초 노릇을 할 수 있다는 것을 알고 있는지요?"

순간 한 여인이 와서 내게 달라붙었다. 갓 스물 전후로 보이는 아가씨는 나를 잡고 늘어졌다. 나는 그 아가씨가 불결하기보다는 가련하게 느껴졌다.

"김형, 이것도 나쁘지는 않을 것 같수다."

나는 사내의 동의를 구하려 했다. 처음 사내가 말을 걸었을 때부터 이상하게 나 자신을 억제할 수 없었지

공범연습

만, 감히 이런 말을 할 줄은 몰랐다. 사내는 고개를 흔들며 싫다고 했다

"아직 같이 있기로 한 시간이 조금더 남았지만 가시려면 혼자 가시죠. 김형이 갈 곳이 생겼다면 구태여 나랑 같이 있지 않아도 되니까요. 제가 더 이상 붙들어야 할 이유는 없는 거죠."

우리는 뭐라 욕을 해대는 아가씨를 뒤로 두고 그곳을 빠져나왔다.

"전깃줄에 뭔가 날리고 있군요."

사내는 더 이상 아가씨가 보이지 않자 앞을 보며 말했다. 그의 말대로 전깃줄에는 옷가지가 걸려 있었고, 바람을 따라 휘날리고 있었다. 원색의 조명 아래 나에게 거머리처럼 들러붙었던, 여인이 벗어 놓은 옷자락처럼 흐느적거렸다.

"형씨는 저와 남은 마지막 시간에 대해 점을 쳐보지 않으시렵니까?"

사내는 다시 대들고 있다. 화대를 받기 위해 바둥거리는 여자나, 혹은 순결을 지키기 위해 반항하고 있는 아가씨처럼, 사내는 나를 무너뜨리기 위해 끈질기게

자극하고 있다.

"김형은 경아를 기억하세요?"

"네. 알고 있죠. 그녀가 죽은 것은 이런 밤은 아니었죠. 아주 펑펑 쏟아지는 눈밭 위에서 포근한 꿈을 꾸면서였죠. 자그마한 그 여자는 인간을 사랑하는 방법을 알고 있었죠."

"김형은 어떤 여자와 사랑해 보고 싶었는지요? 단아까 말한 그 여자는 빼놓고 말입니다."

나는 나 자신을 은폐시키고 싶었다. 원자력병원 골목에 자그마한 교회가 하나 있다. 십자가 위로 또 하나의 피뢰침이 꽂혀있어 상당히 미묘한 분위기를 자아내고 있는 그 첨탑에 올라가고 싶어졌다. 그 위에서 기다랗고 댕그라니 놓여 있는 한식 기와지붕을 보고 싶어졌다. 예기치 못한 사내와 이 밤을 헤매면서 나는 영원한 미아가 되어 버린 것 같다.

"형씨는 거짓말을 너무 오랫동안 하고 있군요."

사내는 나의 질문과는 상관없는 얼토당토않은 말을 불쑥 뱉었다.

"저는 남자나 여자나 그 누구도 사랑해 본 적이 없습

니다. 심지어 제 어머님도 좋아하지 않았으니까요. 저는 누군가를 사랑하겠다는 시도조차도 하지 않고 살고 있습니다."

사내는 잠시 머뭇거리더니 애기를 계속했다.

"저희 어머님께서는 제가 어릴 때 집을 나갔죠. 무엇 때문에 나간지는 모릅니다. 제게 아버지는 무능한 사람이었죠. 돈은 잘 벌어 올 줄은 알았지만 가족을 사랑하는 것에는 젬병이었죠."

사내가 갑자기 기침을 시작했다. 그 소리가 쩌렁쩌렁 울렸다. 싸락눈이 언제 함박눈으로 바뀐 듯, 포도 위에는 제법 많은 눈이 쌓여 가고 있었다. 눈이 쌓이는 만큼 도시는 차분히 모든 것을 제자리에 갖다 놓고 있었다.

"저는 어머님이 나간 뒤부터 제가 사는 이층집이 보기 싫어졌죠. 집에서 보이는 조그마한 동산에서 어머님이 울고 있는 것 같아 나갔다가 아버지한테서 엄청 혼이 나기도 했죠. 이층 제 방에서 보이는 은행나무의 휑한 가지가 보기 싫어 견딜 수 없었죠. 아버지는 새로운 여자를 맞아들이지는 않았지만, 집안 일에는 거의 관심을 보이지 않았죠. 하지만 술을 많이 하고 들어온 날은 동전을 한 움큼씩 들고 올라와서는 제 돼지 저금통을 채워 주고는 했는데, 그것 또한 싫었죠. 나는 아버지가 저금통을 채울 때마다 언젠가는 이 썰렁한 집을 태워 버리고 말리라 작정하곤 했죠."

사내는 말을 끊고 연거푸 계속 기침을 해댔다. 희미한 발자국들이 뒤에서 우리를 쫓아오고 있다는 환영이 들었다. 걸음을 재촉해 벗어나고 싶었다. 이런 막장의 분위기에서 죽어 가는 얘기를 듣는 것은 결코 유쾌한 일이 아니었다.

둘은 수은등 아래 걸터앉았다. 사내가 돌을 하나 집어 그것을 한 번에 박살내곤 싱긋 웃자, 나는 박수를 쳐주었다. 이로써 우리는 모종의 사건을 함께 저지르고 있는 공범이 된 기분이 들었다.

그 행동에 기분이 좋아졌는지, 사내는 아주 카랑카랑한 목소리로 예기를 이어갔다.

"고등학교를 졸업하던 해, 이사를 갔으면 좋겠다고 얘기했죠. 아버지는 당신이 만든 이 집이 좋다면서 반대를 했죠. 나는 아버지에게 재혼을 하든가 아니면 바람이라도 피우라고 했습죠. 제가 아는 아버지는 돈에만 빠져 있었지, 여자에게는 전혀 관심이 없었죠. 제가 나가겠다고 했죠. 그런 숨막히는 분위기에서 더 이상 같이 살기가 힘들었던 거죠. 아버지는 알아서 하라고 했죠. 저는 아버지와 관계를 끊기로 했죠. 어느 날 정원에 있는 은행나무로 가서, 그 밑에 한 무더기 불을 붙이고는 그 길로 집을 나와 군에 입대했죠. 남자끼리 모여 있는 곳이라는 것에 흥미가 갔죠. 말뚝을 박고 잘 지내고 있는데 그 친구를 만났죠."

사내는 잠시 고개를 숙이더니 그의 발을 두 손으로 감쌌다. 여관을 가자고 할까 생각하다가 말았다. 어차피 사내와 나는 정해진 시간까지만 같이 있기로 한 남남이니까.

사내는 먼저 일어나서 걷기 시작했다. 엉성하게 헝클어진 사내의 머리 위에는 눈이 쌓여 있었다. 구겨 신은 구두의 뒤축으로 눈이 들어오고 있다. 은밀히 소리 없이 기어 들어와서는, 내 발의 신경을 하나하나 무장 해제시키고 있다.

사내는 여관이 보이는 곳에서 내게 눈짓으로 앉아라

고 했다.

"김형, 아까 그 얘기나 마저 해주시죠."

나는 그 얘기가 궁금해서라기보다는 죽는다는 것을 잊고 싶어서 이렇게 말을 꺼냈다. 오늘 사내와 나는 처음부터 끝까지 시답잖은 죽음에 관한 얘기만 하고 있다.

"그전에 제가 형씨한테 부탁을 하나 하죠."

사내는 두꺼운 봉투를 하나 건넸다.

"나쁜 것은 아니니 이것을 받아주시죠."

뜨악해 쳐다보는 내게 사내는 봉투를 맡기고 얘기를 이었다.

"제가 군에 간 지 일 년쯤 지나 아버지가 돌아가셨다는 연락을 받았죠. 집을 떠나며 제가 지른 불 때문에 집이 전부 타버려 화병으로 돌아가진 거죠. 아버지의 장례식에 저는 가지 않았죠. 그게 당신이 원하는 일인지도 모른다고 생각된 거죠."

눈 때문에 별이 보이지 않았다. 겨울 바다에 가고 싶어졌다. 부서지는 흰 파도가 밀려오는 파도 소리와 함께 떠올랐다.

눈이 쌓이는 속도가 만만치 않았다. 사내에게 담배를 하나 주고, 나도 한 대를 물었다. 사내는 거의 다 탄 담배를 마지막으로 한 모금 더 빨고는 신경질적으로 공중에 꽁초를 튕겼다. 꽁초는 포물선을 그리며 허공을 날다 떨어졌다.

내리던 눈이 그쳤으며, 차가운 북풍도 느껴지지 않았다. 갑자기 너무나 많은 생명들을 보고 있다고 느껴졌다. 탈영병이 총을 들고 다방을 점거하여 인질극을 벌였던 뉴스가 생각났다. 죽음을 각오하며 최후로 벌이는 생명 연습이 탈영인 것은 너무 맞지 않아 보였다.

나는 자기 말을 마치고 꼬꾸라진 사내가 누구일까 생각했다. 당번병이 자살해 퇴역당한 중대장 혹은 선임하사. 나는 사내가 내게 준 봉투를 뜯을까 생각하다가, 부질없는 일인 것 같아 태워 버렸다. 사내의 흔적이 잠깐 반짝이며 빛났다.

눈이 다시 내리기 시작한다.

떠나는 자와 남는 자

잠시 방을 비추던 햇살은 이내 사라졌다. 사내는 천호동 쪽으로 앉아 여전히 뭔가를 빚고 있었다. 새벽에 심한 갈증으로 깼을 때도 그렇게 앉아 있었으니 서너 시간은 족히 지났을 것이다. 하지만 사내는 밤을 새며 그 짓을 해왔을 것이다. 왜냐하면 사내는 곧잘 그러했기 때문이다.

나는 실눈을 뜨고 방을 둘러보았다. 방안은 온통 난장판이었다. 묵은 때로 절은 옷가지와 함께 며칠째 윗목으로 밀려나 있는 냄비에는 먼지가 쌓여 있었다. 냄비에 눌어붙은 잔반에서 나는 쉰내와 습기를 잔뜩 먹은 좁은 골방이 내뿜는 눅눅하고 매캐한 내음이 함께 어울리고 있었다.

죽음의 냄새가 있다면 지금 내가 맡고 있는 냄새가 아닐까란 생각이 들었다. 운신을 못하고 자리를 깔고 누워 누군가에 의해 몸이 거둬질 때를 기다려야만 하는 노인네들 몸에서 나는 비린내와 같은, 조금씩 몸과 정신을 삭히며 내려앉는 죽음을 같이 한 그런 냄새였다.

냄비 옆에는, 내 죽음의 마지막 순간을 지키려다 지친 사열병처럼, 제각각의 폐지들이 아무렇게나 널브러져 있었다. 나는 더 이상의 각혈을 받아내는 것은 무의미한 짓이라 생각하며 이제는 저 놈의 각혈을 받아내기 위해 휴지를 쓰지 않으리라 작정했다.

사내는 여전히 고개도 돌리지 않고 퍼질러 앉아 나신을 빚고 있다. 나는 사내가 빚고 있는 나신은 '기똥찬 몸매'를 가진 사내의 도망간 '멋쟁이 애인'임을 알고 있다. 남한산성 중턱에 있는 모래땅 분지인 사앙골의 움막에 들어오며 알게 된 사내는, 천호동으로 난 길을 보며 퍼질러 앉아 나신을 빗지 않으면 언제나 멋쟁이 애인을 주워 섬겼다. 아마 내가 죽을 때도 그리고 사내가 나의 시신을 거둬 줄지는 알 수 없지만, 내 북망길의 길동무로 자신의 멋쟁이 애인을 붙여 줄 것처럼 얘기했다.

묵은 때와 땀에 절은 캐시밀론 이불을 밀치고 나는 자리에서 일어났다. 머리가 어질어질한 것이 정신을 차리기가 힘들었다. 맞은편 골짜기는 훤히 밝아 있었다.

"이 불쌍한 화상은 오늘도 헛심만 키고 있네. 쯧쯧쯧."

나는 사내를 자극했다. 밤을 새며 도망간 멋쟁이 애인과 밀담을 나누던 사내가 찌그러진 표정을 지으며 고개를 돌렸다. 이 미친 암쟁이가 또 무슨 지랄을 하려고 벽두 새벽부터 차가운 눈길을 던졌다.

그런 사내의 굳은 표정 뒤로는 맑은 하늘이 펼쳐져 있었다.

나는 사내의 그런 눈초리와 표정에는 이미 익숙해져 있었다. 사내의 얼굴 뒤로 보이는 맑은 하늘 때문인지도 몰랐다. 사내의 아픈 기억의 생채기를 건드린 것은. 사내는 험한 인상만 한 번 더 구기고는 고개를 돌렸다. 다시 애인과의 교감에 들어가는 사내를 보며 나는 앞으로 일어날 사내의 발작을 생각했다.

내가 처음 사앙골에 올라왔을 때, 사내는 묘한 표정을 지어보였다. 그때 사내가 내게 보여준 그 표정은, 움막을 찾아온 환자에 대한 짠함이나 쓸쓸한 잔정에서 나오는 것이 아닌, 나의 병약한 모습에 대한 조소나 비꼼을 담은 그런 웃음이었다. 마주보이는 두 방의 빈 쪽을 찾아 짐을 풀 때, 사내는 일주일 전까지 그 방의 임자는 칠순의 할망구였다고 덧붙였다. 주인으로서는 아주 차가운 첫인사였다.

다다미 세 칸 크기의 방에는 미닫이창과 낡은 호롱이 하나 달랑 놓여 있었다. 일주일 전까지 사람이 살고 있던 흔적은 어디에도 찾을 수 없었다. 사내는 마루턱에 걸터앉으며, 맞은편에 보이는 것은 청량산이며, 물건을 사려면 면사무소가 있는 광암리나 산성이 있는 산성리로 나가야 한다며, 이곳 생활에 필요한 얘기들을 주섬주섬 늘어놓았다.

사내에 대한 나의 인상은 첫날 느꼈던 싸늘함에서 크게 변하지 않았다. 나는 불안하고 신경질적으로 보이는 사내에게 더 이상의 호감을 기대하지 않았다. 다만 사내는 지난 오 년을 이곳에서 보내며 본인 손으로 네 구의 시신을 거두어 냈지만, 자신은 반드시 건강해서 돌아가리라는 자신의 생에 대한 끈질긴 고집을 보였다.

청량산은 서쪽으로 누워 있었다. 산의 중턱을 지르며 내려오는 골짜기는 건강한 여인의 생식기마냥 깊고 진한 생기를 띄고 산의 맥을 이어받아 살아있는 것처럼 보였다. 조석으로 산새들이 찾아와 나의 낮은 미닫이창에서 울어댔다. 간간히 들려오는 장경사 범종 소리도 나를 편하게 해주었다.

열린 방문으로 산의 찬바람이 쏟아져 들어왔다. 청량산의 앞쪽 능선을 타고 와 뒤쪽으로 빠지는 바람은 항상 따뜻하게 이 자그마한 움막을 감싸주었다. 바람으로 인해 나는 기분이 맑아졌다. 그리고 오래간만의 상쾌한 기분을 해치지 않기 위해, 사내를 더 자극하지 않고 발작을 기다리기로 했다.

멋쟁이 애인과의 사랑에 열기와 깊이가 더해가던 중에 사내가 가진 병이 악화되었다 한다. 멋쟁이 애인은 처음에는 사내의 증상에 동정과 연민을 보여주며 함께 아파했다 한다. 하지만 계속적으로 반복되었던 사내의 의식불명에는 사내의 애인도 손을 들었다 한다. 사내와의 사랑과 연민이 무시로 간단없이 무너져 내리던 어느 날 '멋쟁이 애인'이 그냥 '여자'가 되어 사내를 떠났다 한다.

여자가 되어 떠나버린 멋쟁이 애인은 사내를 고주망태로 만들었고, 사내는 술을 마실 때마다 자신을 떠난 '여자'들을 매일 품었다 했다. 그러던 어느 날 사내는 아주 몹쓸 병에 걸린 자신의 남성을 잘라버리곤, 살기 위해 이 사앙골로 들어왔다고 했다.

능선을 타고 내려온 찬바람이 움막을 다 빠져나갈 때쯤, 사내의 발작이 시작되었다. 사내가 밤새 빚은 멋쟁이 애인을 땅바닥에 패대기쳐 떡을 만든 후, 식식대며 단숨에 이홉들이 소주 한 병을 비웠다. 그리고는 억울하고 험악한 인상을 지으며 소리를 질러댔다.

"야 이 가시나야, 콱 뒤져뿌라. 이 여엄병할, 지애비

하고 붙어먹을 가시나는……"

사내의 광기는 이렇게 시작했다. 고향은 경상도 어디라고 했으나, 사내의 얘기에는 언제나 온갖 사투리들이 뒤섞였다. 이는 지금까지 살아온 사내의 행로가 그의 얘기에 섞이는 정체불명의 다양한 방언만큼이나 험난했음을 보여주는 것이었다. 욕으로 말문을 튼 사내의 본격적인 분탕이 시작되기 전에 나는 방문을 닫고 다시 자리에 누웠다.

내가 사내의 발작을 처음 본 것은 움막에 올라오고 달이 한 번 어스러지고 난 후였다. 게거품을 입에 문 사내는 금방 숨이 넘어갈 것 같은 표정으로 쌍욕을 해댔다. 연신 기침을 해대며, 목이 잠겨 그렁그렁한 쉰소리로 뱃속을 긁어내듯이 바락바락 소리를 질러댔다.

삼십여 분 그 짓을 하던 사내가 그 자리에 꼬꾸라졌다. 그날 나는 처음으로 사내 옆에 얼굴이 반쪽으로 찌그러진 채 엎어져 있던 사내의 멋쟁이 애인을 처음 보았다.

나는 다 죽어 자빠진 사내를 방으로 옮기고는 물수건으로 얼굴을 닦아주었다. 한참 후 사내는 정신을 차렸다. 정신이 든 사내는 예기치 못한 상황에 놀랐고, 옆에 있는 내게 매우 겸연쩍은 표정을 지었다. 그리고는 미안하다며 술이나 한잔 하자고 했다. 첫 잔을 내게 건넨 후 사내는, 발작에서 깨어나면 술로 뒤풀이를 한다는 사설을 지나가는 바람처럼 흘렸다. 그리고 나는 사내와의 첫 술자리에서 사내의 지난날을 들을 수 있었다.

사내는 자신이 처음으로 이 움막을 지키기 시작했다고 했다. 그동안 폐병쟁이 둘, 중풍 노파 하나, 간질병 처녀 하나의 시신이 들려 나갔다 했다. 내가 노파의 뒤를 이어 들어왔고, 우리 둘 중 누구 하나가 들려 나가면 또 누군가가 우리의 빈자리를 채워줄 것이라 하며, 간질병 처녀의 얘기를 이었다.

사내가 움막에서 처음으로 폐병쟁이를 보낸 자리에 말끔하게 생긴 처녀가 들어왔다 했다. 사내는, 사람 용모 멀쩡하고 아주 매력적인 미소와 몸매를 지닌 이십 대의 젊은 처녀가 왜 인가도 없이 외진 사앙골 움막으로 들어오는지 궁금했지만, 그 이유를 묻지는 않았다 한다. 몸에 든 병이든 마음에 든 병이든 같은 것이기 때문에 요양차 온 것쯤으로 여겼다 했다.

처녀가 움막으로 온 지 한 달쯤 지나, 그녀의 방에서 새어나오는 이상한 소리를 들으며, 사내는 이상하게 생각했다 한다. 처음에는 갓난 애기의 칭얼대는 소리나 연인들끼리 도란도란 나지막하게 주고받는 얘기같이 들렸다 한다. 하지만 갑작스런 자지러지는 소리에 놀라 사내는 급히 그녀의 방문을 열고는 잠시 그 자리에 얼어붙었다고 했다.

마지막 잔광을 길게 움막에 드리웠던 해는 청량산 뒤로 숨고 있었다. 해를 밀어내며 조금씩 모습을 드러내는 어둠이 사내의 방을 은밀히 감싸기 시작했지만, 사내는 호롱불을 당기는 대신 잠시 생각에 빠졌다. '그 가시나가 되진 것도 딱 이때쯤인디'라며 말을 이었다.

방문을 여니, 여자는 속옷까지 홀라당 발가벗은 채 입에 거품을 물며 숨이 넘어가고 있었다 한다. 여자의 두 눈은 뒤집혀 허연 흰자위만 보였고, 사지는 경련으로 계속 뒤틀리고 있었다. 사내는 잠시 움칫했다. 사내의 당황은 그녀의 발작 때문이 아니라 벗은 몸 때문이었다. 사내가 움막으로 들어온 이후 처음으로 접하는 그녀의 탱탱한 나신이 사내를 아득하게 만들었기 때문이었다.

사내는 오래간만에 주체 못하게 일어서는 욕정과 함께 처녀를 감싸고 있는 죽음의 사신을 떨치기 위해 주무르기 시작했다. 은밀하게 숨겨져 있던 처녀의 사지를 주무르던 사내의 손이 탄력있는 젖무덤을, 그리고 온몸을 거슬러 올라갔다 내려왔다 하며 더듬을 때쯤에는, 이미 결딴난 사내의 몸도 화끈화끈 달아올랐다. 사내의 말초신경이 대책없이 곤두서는 것과 비례해서, 그녀는 화색이 돌아오며 푸르뎅뎅하던 살도 발갛게 달아오르며 땀을 내기 시작했다.

낮게 가라앉아 둘을 억누르던 죽음의 그림자가 서서히 밀려가고 그와는 다른 생기가 피어나기 시작했다. 사내의 한 시간이 넘는 열과 성을 다한 마사지로 그녀는 정신을 되찾았다. 처녀는 사내에게 물을 달라고 했으며, 사내는 옆에 있던 주전자를 그녀에게 건네주었다. 달게 물을 마신 처녀는 아주 예쁜 미소를 지으며 사내를 자신의 품으로 끌었다 했다.

그 이후로 처녀의 증상은 보름거리에서 열흘거리로

바뀌었으며, 처녀가 청량산 반석거리에서 떨어질 때쯤에는 달거리가 하루거리의 발작이 찾아왔었다. 처녀와 함께 했던 1년여 동안 사내는 젊은 육체와의 지분거림을 계속했다고 했다. 살기 위해 자신의 남성을 없애버린 사내였으나, 여자가 발작할 때는 사내가, 조용할 때는 여자가 상대방의 문턱을 넘었다 했다.

청량산이 농익은 단풍을 뽐내고 때이른 나무들이 하나씩 둘씩 낙엽도 떨어뜨릴 때쯤이었다. 낮고 짙은 회색빛 먹구름이 깔린 것이 한자락 소나기라도 퍼부을 것 같은 날이었다.

사내는 심한 중압감에 눈을 떴다. 언제 왔는지 처녀는 순대꼬투리만큼만 남아있는 사내의 뿌리를 보고 있었다. 사내는 보지 않아도 처녀가 짓고 있을 원망의 눈길을 알 수 있었다. 처음에는 유야무야 넘어갔던 처녀의 갈증은 지분거림만으로는 채워지지 않는 것이었다. 뜨거워진 처녀의 몸은 욕정을 샘물처럼 품어내며 더욱 강한 자극을 요구했지만, 사내에게 그런 처녀의 갈증을 채워줄 수 있는 방법은 없었다.

사내가 깨는 기척을 느낀 처녀는 사나운 맹수처럼

사내에게 달려들어 주먹을 휘두르기 시작했다. 긴 몸 싸움 끝에 사내는 마침내 그녀의 머리끄덩이를 잡을 수 있었다. 그리고는 처녀의 따귀를 사정없이 올려붙였다.

처녀는 발정기의 암컷처럼 울부짖었다. 가슴 깊은 곳에서 올라온 그녀의 울음은 깊고 깊은 자신의 구곡 간장을 돌고, 사내를 돌고, 움막을 돌고, 산을 돌았다. 그것은 수컷을 찾는 암컷의 굶주린 야성이었다. 삼라 만상 모든 생명의 가장 기본적인 욕구를 채우지 못하는 건강한 암컷의 음울한 고백이자 포효였다.

사내의 손에 잡혀 괴성을 질러대던 처녀가 갑자기 획 머리를 빼고는 움막 밖으로 뛰쳐나가 달리기 시작했다. 처녀와의 몸싸움에서 탈진한 사내는 잠시 한 움큼 손에 잡힌 머리카락과 멀어지는 그녀를 번갈아 보았다. 그리고는 마른기침을 해대며 그녀를 쫓기 시작했다. 사내는 '미친 듯이', 이 단어가 그녀를 아우를 가장 적합한 단어라고 말했다. 산을 오르는 그녀의 옷은 갈가리 찢겨지고 생채기로 긁힌 몸에는 피가 흐르고 있어, 망자의 넋을 위로하는 천도굿을 올리며 무아지경에 빠진 무녀처럼 섬뜩하게 자신을 빨아들였다 한다. 그렇게 산을 오르던 처녀는 반석바위에서 갑자기 몸을 돌려 청량산 깊은 골짜기로 몸을 날렸다 한다.

얘기를 마친 사내가 담배에 불을 붙이며 알 수 없는 야릇한 표정을 지어보였다. 나는 사내의 그 표정의 의미를 읽어보려 했지만 쉽지 않았다. 사내는 표정이, 지금까지 얘기해온 처녀의 죽음과는 전혀 무관한 듯 느껴졌기 때문이다. 아마 사내가 처음 보았던 처녀의 발작과, 사내가 내게 보여준 자신의 첫 발작이 동시에 떠올랐기 때문일 것이라 생각하며, 나는 사내의 방을 빠져나왔다.

청량산 중턱의 반석바위가 달빛에 희끄무레 빛나고 있었다. 바위는 잘생긴 남근 모양을 하고 있었다. 바위는, 사랑하는 여인을 위해 자신의 남성을 힘껏 세운 남성처럼, 힘과 윤기를 뽐내고 있었다.

방으로 들며, 나는 사내가 죽음을 겁내지 않고 있다고 느꼈다. 사내가 두려운 것은, 당당한 남성으로서의 생명력을 잃어버린, 스스로 거세한 자신의 수컷일지도 몰랐다.

그날 이후 나는 가능한 사내와 부딪치는 것을 피했다. 어쩌면 사내는 자신이 묵고 있는 앞방에 둥지를 트는 누군가의 죽음을 관찰하기 위해 이곳에 터를 잡은 것이 아닐까라는 생각에서였다. 그리고 그 이후의 사내의 발작에 대해서는 멀리 떨어져 있는 제삼자로 무관심하게 흘려버렸다.

머리맡 위로 손을 휘저어 담배를 찾았으나 빈 곽만 잡혔다. 며칠을 방에서 꼼짝도 않고 있었으니, 없는 것이 오히려 당연했다. 몇 번을 껐다 켰다 한 꽁초 하나를 집었다. 필터 쪽은 노란 니코틴에 절어 있었다. 아마 내 몸 안도 저렇게 절어가고 있으리라 생각하며 불을 당겼다.

"선생님에게 담배는 자살행위입니다. 선생님의 경우 쉽게 포기할 만큼 치명적인 단계는 아닙니다. 여유를 갖고 마음의 안정을 찾아 병을 이겨낼 수 있도록 몸과 마음을 건강하게 만들어 나가는 것이 무엇보다 중요합니다."

자살행위와 불치의 병은 아니란 말이, 서로 섞일 수 없는 원소마냥 머리에서 따로따로 놀았다. 입 안 가득

침이 고였다. 나의 죽음을, 영국왕실의 근위병처럼 진득하게 기다리지 못하고, 한심하게 까불대고 있는 폐지 쪽을 향해 침을 뱉었다. 침은 이내 방의 이곳저곳으로 흩어지며 나름대로 가장 안정된 자리를 잡았다. 벽에는 일찍 자리잡았다 떠난 타액들이 전사자마냥 누렇게 물들어 있었다.

사내의 울부짖음이 조용해졌다. 잠시 후면 사내의 격심한 기침소리가 이 움막을 흔들어 놓을 것이다. 나는 좀 더 편한 자세를 잡기 위해 몸을 뒤척였다.

방에는 죽음의 끈끈한 그림자가 자리를 틀어잡고 있었다. 나는 다시 한 번 자살행위란 말을 곱씹었다. 자. 살. 행. 위. 라고. 하지만 의사는 나는 죽어도 그런 짓을 하지 못할 반 푼짜리 인간임을 알지 못한다. 자살은 자신의 생에 대한 굉장한 우월감이나 애착을 가진 자들이나 저지르는 생명작업임을 왜 나의 선생님은 모르는 걸까.

갑자기 나는 지금의 내 처지가 매우 우습게 여겨졌다. 내가 사앙골의 이 움막에 올라온 것은, 의사의 말대로 살고 싶다는 욕망에서였다. 보다 안정된 시간을 갖기 위해 모두가 떠나간 이 움막을 찾았다. 하지만 나는 첫날 사내가 불쑥 죽음의 그림자를 드리우며 접근했던 야멸찬 냉대와 이곳에서 내가 얼마나 허황된 꿈을 꾸고 있는지를 일깨워주기 위한 사내의 딴지걸이를 항상 기억하고 있다.

때문에 나는 안정을 위한 노력이 아닌 사내와 헛된 힘을 빼야만 하는 줄다리기를 해야 했다. 내가 잡고 있는 줄의 다른 쪽 끝에는 언제나 팽팽한 사내의 긴장이 걸려있었다. 사내도 나도, 서로를 도와주거나 양보하기 위해 자신이 갖고 있는 긴장을 늦추지 않고 있다. 오직 상대방을 밟고 일어서야만 이 움막에서 살아남을 수 있는 긴장감에, 사내와 나는 칼의 날을 세우고 있는 것이다.

하지만 나는 사내와의 삶의 경쟁이 싫어 사앙골을 벗어나야겠다는 생각은 하지 않았다. 무리진 구름들이 찾아오고 산새들이 노래 불러주는 이 움막이 주는 따스함이 나의 안정에 큰 도움이 되었기 때문이다. 또한 사내와의 기싸움에 눌려 움막을 떠나는 좀팽이가 되기도 싫었다.

사내의 기침소리가 유난히 날카롭게 들렸다. 사내가 며칠을 넘기지 힘들거라는 생각이 들었다. 동시에 나도 며칠째 계속되고 있는 자리보전의 무기력한 날들을 털어버리지 못하면, 사내와 진배없는 상태가 될 것이란 생각도 함께 들었다. 몇 시간 앞의 일도 기약하지 못하는 사내와 죽음의 끈을 당기고 있다는, 아직은 사내보다는 우위에 있다는 나의 생각은 사내에 대한 긴박한 적대감을 눌러주었다. 죽음은, 아니 죽음만이 아니라 삶도, 투쟁에 의해서가 아닌 순응하는 태도에서 이루어지는 것이란 생각이 들었다. 저승명부를 든 사자가 와서 우리의 손을 잡고 갈 때까지 기다려야 하는 것이지, 실체 없는 사내에 대한 분노나 적대감으로 해결할 일은 아닐 것이기 때문이다.

　나는 사내만 없다면, 사앙골의 이 움막은 푸근하고 안락한 장소로 내 병을 요양하는데 아주 적당한 장소란 생각을 했다. 주말이나 평일 오후에는 주말 산행족이나 아베크족도 보여, 심심하지만은 않았다. 그리고 무엇보다도 움막 앞의 석간수와 맑은 공기를 마음껏 누릴 수 있음이 좋았다. 나는 때맞춰 약을 먹고 운동을 계속했다. 그리고 산에 올라온 지 두어 달 지나 병원에 가기 위해 아침 일찍 움막을 벗어났다.

사내가 나를 경계하고 있다는 것을 알게 된 것은 저녁 어스름과 함께 움막으로 돌아왔을 때였다. 사내는 청량산 쪽으로 난 길을 보며 멍하니 앉아 있었다. 사내의 얼굴은 노을 때문인지 아님 주독 때문인지 발그스름하게 상기되어 있었다.

"암쟁이, 니는 너무 모질게 대들고 있구먼. 그래봤자 언젠가는 뒈질 목심인디, 모질어. 아주 모질겨서 동장군이 돌아앉아 버리는 구먼."

사내는 자신의 독기를 거침없이 나의 면전에서 쏘아댔다. 그런 사내의 한 손에는 얼굴 한쪽이 잔뜩 구겨진 멋쟁이 애인이 들려 있었다. 사내는 증오와 원망의 적대감이 가득찬 눈길을 하고 표독한 표정을 지으며 내게 악다구니를 써댔다.

아슬아슬하게 청량산에 걸려있던 해는 넘어가고 언제 나왔는지 모를 보름달이 반석바위에 걸려있었다.

"징혀, 허벌나게 징혀."

반석바위에서 떨어진 간질병 처녀가 가졌을 사내에

대한 분노나 증오가, 지금 사내가 내게 짓는 표정과 비슷하지 않았을까 하는 생각이 들었다.

나는 사내를 쏘아보았다. 오늘 사내는, 내가 처음 움막에 오던 날 보여주었던 그 자신만만하고 패기에 찬 모습도, 간질병 여자를 얘기할 때 지어보였던 건강하고 싶었던 야생의 수컷도 아니었다. 그냥 병들어 지치고 쪼그라든 왜소한 몸집의 사내일 뿐이었다.

사내를 쎄려보던 나는 그냥 돌아섰다. 죽음보다도 더 무섭게 웅크려 독이 오른 사내를 혼자 버려두고 방에 들었다. 그러자 정밀감이, 소리 없이 정밀감이 하나 가득 나를 감쌌다. 갑자기 밀려든 이 고요하고 편안한 느낌이 나를 조금 편하게 만들었다.

이제야 나는 사내가 왜 내게 악다구니를 부리고 있는가를 알았다. 사내는 내가 이 움막에서 건강을 되찾거나 자신보다 더 잘 병을 이겨내는 것을 싫어하는 것이었다. 사내가 나한테서 보고 싶은 것은 나의 건강함이 아닌 죽음, 이전의 다른 사람들처럼 병을 이겨내지 못하고 마지막에는 그들이 가졌던 모든 것으로부터 쓸쓸히 버려지는, 그런 내 모습을 보고 싶은 것이었다.

온몸 가득 차오르는 긴장감을 나는 그때 처음 느꼈다. 더 이상 사내의 소리는 들리지 않았다. 청량산을 빠져 나온 맑은 바람이 움막을 하나 가득 덮고 있었다.

다음날 나는 사내가 잠을 자지 않은 것을 알았다. 내가 방으로 들어감으로써 싱겁게 끝난 나에 대한 생떼를 끝내고, 사내는 나를 안주 삼아 긴 밤을 꼬박 새우며, 그의 기억 속에 남아있는 멋쟁이 애인을 빚었을 것이다. 밖으로 나오는 나를 멍하니 쳐다보던 사내는, 자신의 방으로 들어가 버렸다. 그런 사내의 선전포고에 느슨하던 줄이 갑자기 팽팽하게 당겨지며, 마술사가 죽은 새끼줄을 꼿꼿하게 세우는 재주마냥, 나의 물건도 뿌듯한 무게를 지니며 일어섰다. 그날 아침에 보는 청량산은 유난히 맑고 좋았다.

약을 안 먹은 지가 일주일이 넘었다. 생각을 집중하는 것도 점점 힘들어지고 있었다. 죽음의 그림자가 똬리를 틀 수 있도록, 내 몸의 어떤 부위가 은밀히 배반하고 있는지도 모를 일이었다.

도깨비 형상을 한 사내가 불쑥 방문을 열었다. 내가 움막에 들고난 후, 사내가 내 방문을 연 것은 처음이었

다. 나는 고개도 들지 않고 누운 채로 천장만 바라보았
다. 사내의 형상을 확인하기 위해 굳이 고개를 돌릴 필
요는 없었다. 움푹 패인 두 눈덩이 사이로 초점을 잃고
희멀겋게 돌아가 있을 눈동자, 광대뼈만 남은 채 푹 꺼
진 볼따구니, 기름기 하나 없이 푸석한 마른 얼굴에 제
멋대로 삐죽삐죽 돋아 사내를 더 나이들어 보이게 하
는 턱수염, 오랫동안 감지 못해 숯막에서 기어 나온 것
같은 봉두난발을 하고 있는 화상. 이는 또한 나의 모습
이기도 하였다.

"어이 이봐. 인자 마, 술도 다 떨어지고 내가 마, 죽
을 때가 다 된 모양인갑다. 내가 첨으로 니한테 죽는구
마."

사내의 얘기는 겨우 성대의 떨림에서 나오는 공명이
었다. 사내의 온몸에서 풀풀 죽음의 냄새가 났다. 처음
봤을 때 비해 지금의 몰골은 귀신이나 광인의 그것이
었다.

"……동방삭이 알제. 삼천갑자 동방삭이 말이데이.
내사마 니가 오기 전까지는 삼천갑자 동방삭이 아니었
나. 니 방에 있던 사람들 치워내면 내 목심이 그만큼

늘어나 기뻤다 아이가."

사내는 그렁그렁한 소래를 내면서도 힘들게 애기를 이었다

"……그케가꼬 그 할마시가 나가고 니가 왔을 땐 참 좋았데이. 젊은 기 와가꼬 목심이 그만큼 많이 늘끼라고 좋아했는데……"

문을 열고 여기까지 애기하던 사내는 갑자기 뒤집어졌다. 사내의 두 눈은 완전히 희멀겋게 돌아가 검은 동체를 잃어버렸다. 나는 섬뜩한 기운이 들며 온몸에 소름이 끼쳤다. 사내의 모진 목숨이 끝나는 것이라고 생각했다.

사내를 보지 않기 위해 문 반대쪽으로 몸을 돌렸다. 노랗게 바랜 벽이 일순간 내 앞으로 당겨 앉았다. 싫든 좋든 간에 한지붕 밑에서 같이 지낸 시간을 생각하면 사내의 마지막 순간을 내가 지켜줘야겠지만, 나 역시도 점점 자리에 가라앉으며 잠에 빠져 들고 있었다. 꿈속에서 사내는 계속해서 갈라진 목소리로 떼를 쓰고 있었다

"네가 나를 죽여."

심한 갈증과 가위눌림으로 잠에서 깨었을 때, 베갯머리는 온통 땀으로 젖어 있었다. 어둠에 눈을 익히기 위해 손을 휘저으려 했으나, 몸이 굳어 팔이 움직여지지 않았다. 문 쪽으로 고개를 돌렸다. 나와 사내뿐만 아니라 움막 전체에 죽음의 그림자가 내려앉아 있었다.

  청량산에서 내려오는 바람이 움막을 때리고 있었다. 바람의 매운 손길에 후드득 떠는 나무의 울음도 같이 들렸다. 여름 바람이라고는 하나, 반석바위를 돌아 움막을 덮치는 밤바람은 언제나 매서움을 숨기고 있다. 으스스 떨리는 몸을 간신히 가누며 방에서 내려섰다. 어둠 속에 숨어있던 사내가 앉던 낡은 의자가 나를 맞아 주었다.

  하늘에는 별이 보이지 않았다.

  사내의 방으로 들어섰다. 어둠 속에 숨어있던 사내의 방은 좀전까지 사람이 지내던 곳이란 느낌을 전혀 주지 못했다. 이부자리가 깔려 있는 곳 외에는 무수한 약봉지와 알약들이 깨지거나 찢어진 채로 아무렇게나 늘려있었고, 기타의 잡동사니들이 흩어져 있었다.

방안에는 사십대 후반의 매캐한 사내 냄새로 가득 차 있었다. 때에 전 이불을 들치고 그 사이에 누웠다. 온기는 전혀 없었고 비린 냄새만이 올라왔다. 지난 오년 동안, 사내가 삶과 죽음 사이에서 끊임없이 갈등하며 무수한 불면의 나날을 보냈을 것임에 분명했던 사내의 자리에 눕자 묘하게도 내 마음이 안정되는 것을 느껴졌다.

　사내를 죽게 만든 것은 나와의 줄다리기 때문이 아니라 몇 시간의 안락한 잠조차도 거부했을지도 모르는 시간 때문인지도 모른다는 생각이 들었다. 간질병 처녀와의 뜨거운 교합을 원했으나 할 수 없었던 것도 사내를 초조하고 애타게 만들었을 것이다.

　머리맡 천장에서 벌거벗은 여자가 나를 보며 미소를 지었다. 사내가 어떤 마음으로 이 여자를 붙였을까를 생각하니 쓴웃음이 났다. '기똥찬 몸매'를 가진 사내의 '멋쟁이 애인'인지, 반석바위에서 떨어진 '간질병 처녀'인지, 아니면 사내를 거세시킨 어떤 '여자'인지 모르지만, 끝내주는 몸매를 가진 천장의 여자는 내게도 욕망이 가득 담긴 뇌쇄적인 눈길을 계속 던지고 있었다. 사내는 거세당한 자신의 남성으로 밤마다 천장의 여인을 안는 환상에 빠졌을 것이다. 그리고 환상의 열기에 사내의 몸이 달아올라 더 이상 참을 수 없을 때면, 사내는 온 밤을 새우며 멋쟁이 애인을 빚었을 것이다.

멋쟁이 애인을 빚는 사내의 작업은 도망간 애인에 대한 복수가 아닌 자신의 피와 살을 깎아내는 회한의 시간이었을 것이다. 등줄기를 타고 싸한 한기가 내렸다.

후줄대는 다리를 가누며 사내 방을 나섰다. 나는 이제야 조금씩 알 것 같은 생각이 들었다. 이곳에서는 사내의 죽음이나 혹은 그 이전의 또 다른 자들의 죽음 자체가 별반 큰 의미가 없다는 것을.

바람이 세어지는 듯싶더니 이내 빗방울이 듣기 시작했다. 장마가 끝나고 근 한 달여 만에 내리는 비에, 바짝 말라 있던 나무들이 일시에 진저리를 치기 시작했다.

나는 듣는 빗속에서 사내가 떡을 만들어버린 멋쟁이 여인을 발견하고 조심해서 집었다. 여인은 나를 보고 험하게 인상을 찡그렸다. 방에서 본 여자와는 전혀 다른 원망의 표정을 여인은 지었다. 사내에게 패대기쳐진 후 조심스럽게 내게 온 여인은 차가웠다. 나는 조심스럽게 여인의 얼굴을 애무하기 시작했다. 그러면 나도 거세당한 사내가 어떤 심정으로 여인을 밤새 빚었을까를 하는 마음에 다가설 수 있지 않을까 해서였다.

내 손의 여인은 시간이 지나감에 따라 얼굴에 미소를 담기 시작했다. 처마를 때리는 빗방울 소리가 점점 거세지고 있었다. 이렇게 내리는 비라면 아마 내 방도 젖고 있을 것이다.

가슴에 격한 통증을 느끼며, 비를 보며 나는 각혈을 했다. 피는 비가 되고 비는 이내 눈물이 되었다. 주체할 수 없는 비와 눈물과 피가 한꺼번에 나를 적셨다. 청량산 뒤편에서 검은 비구름이 계속 몰려오고 있었다.

나는 심한 외로움을 느꼈다. 사내라도 살아있다면 위로가 될 것 같은 그런 그리움이었다. 차라리 내가 먼저 죽었다면, 사내는 그의 말대로 삼천갑자 동방삭이로의 삶을 누릴 수 있었을까? 빗속에서 청승을 떠는 나 대신 사내는 한바탕 춤이라도 추지 않았을까.

어둠 속에서, 늠름하고 태고 때부터 든든하게 터전을 굳건히 지켜온 청량산이 그 깊은 뿌리에도 불구하고 사태가 나고 있음을 느꼈다. 그 기세는 오야곡으로, 사앙골로 그리고 멀리는 산성리나 널무리로 해서 빠져나갈 것이다. 내 손 안의, 사내의 멋쟁이 애인은, 꽤 오랜 시간을 공을 들었음에도 불구하고 얼핏 한번 미소를 흘려 보여준 후로는, 전혀 마음을 열지 않은 채로 인상을 쓰고 있었다. 나는 멋쟁이 애인을 사내에게 돌려주기로 했다. 여인은 나의 손을 떠나 비를 가르며 날았다. 그리고 둔탁한 소리를 내며 내게서 멀어졌다.

나는 갑자기 주체할 수 없이 나의 물건이 일어나고 있는 것을 느꼈다. 그것은 첫 번째 외출에서 돌아왔을 때 사내에게서 받았던 것과 같은 느낌을 주었다. 나는 나의 몸에서 크고 있는 기운을 주체하기가 힘들었다.

줄기차게 내리는 비를 박차고 일어서며, 사내의 죽음을 그냥 이렇게 방치해 놓을 수는 없다고 생각했다. 나는 사내를 위한 제단을 준비하기 시작했다.

'폐병장인 물에 빠트리는 게 아냐. 이 사내는 하늘로

올려 보내야 해.'

사내의 몸뚱이를 장작더미에 올려놓고 불을 붙이기 위해 나는 혼신의 노력을 기울였다. 사내의 홑이불을 이용한 여러 번의 시도 끝에 나는 간신히 불을 붙이는 데 성공했다. 그리고는 내 방으로 가서 쓰러졌다.

나는 이제야 겨우 내가 있어야 할 자리가 어딘지를 알 수 있을 것 같았다. 사내처럼, 아무런 꿈도 희망도 가질 수 없다는 절망의 끝에서, 지난날의 꿈과 추억만을 곱씹다가 쓰러질 수는 없는 일이다. 이제는 나도 용기있는 행동을 할 필요가 있었다.

나는 자리에 누워 사내의 방에서 찾아낸 유일한 유물인 수면제를 한 움큼 털어넣었다.

청량산은 계속 그렁그렁 소리를 내며 사태가 났고, 그 밑 조그만 움막에서 피어오르던 연기는 길게 하늘을 긋다간 사그라져 갔다.

그러나 나는 깊은 잠에 빠지며 사내는 분명히 하늘로 올라가 멋쟁이 애인을 만날 것이라 되뇌었다.

공법연습

신기루

남편이 그사이 집을 나갔으리라는 생각을 하지 못했다. 두어 달 만에 다시 집으로 돌아왔을 때, 남편은 없었다. 대신 행랑채에는 이른 7월의 낯설은 피서객이 자리 잡고 있었다.

붉은 수영 팬티에 흰 티셔츠를 입고 평상에 앉아 있던 사내는, 나의 출현에 약간은 흥미로운 눈짓을 지었다. 그런 사내의 등 뒤로 저녁 햇살이 붉게 저물고 있었다.

나는 사내의 그런 표정은 무시하고 방으로 들어섰

다. 방은 내가 섬을 떠나기 전과 마찬가지로 모든 것이 제자리에 놓여 있었다. 벽에 걸린 옷가지나 화장대 위의 화장품은 잠시 마실을 다녀온 주인을 반기는 모습 그대로 놓여있었다. 내가 잠시 집을 떠난 것만 빼면, 모든 것들은 그대로 자리를 지키고 있었다.

그런 방안에서 나는 남편의 부재를 생각했다. 어쩌면 남편은 지금까지 내가 헤매고 다녔던 남녘의 도시에서 나의 행적을 뒤밟고 있을지도 모르는 일이다. 거리의 모퉁이마다나 마주치는 사람들에게 은밀한 시선을 던지며, 남편은 그렇게 나의 흔적을 찾아 다닐 것이다. 이것은 나의 가출이 그러한 것처럼 남편과 나 사이에 되풀이되는 술래잡기와도 같은 일이다.

처음은 이 섬에 내리는 눈 때문이었다. 남편을 따라 섬으로 들어온 나는, 시어머님의 매서운 눈초리와 섬에서의 적막한 생활이 주는 단조로움 때문에 거의 숨막힐 지경이 되었다. 시어머님은 당신의 잘난 아들이 어디서 가당치도 않은 계집을 하나 꿰차고 들어온 것이 마냥 불만이었다. 일찍 혼자되어 아들 하나 보며 수

절해온 당신에게 나는 화냥기 붙은 년이었고, 금지옥
엽 아들의 육체와 영혼을 앗아가는 잡귀이고, 항상 당
신의 애간장을 태우게 만드는 미움이었다.

　그래도 처음에는 남편의 따뜻한 사랑과 보살핌에 의
지할 수 있었다. 하지만 남편을 따라 들어간 섬은 좁았
고, 뱃일 외에는 할 수 있는 일이 없었다. 섬으로 들어
온 후 당일치기 배만 타던 남편은 한겨울을 걱정하며
나와 시어머님을 불편하게 만들었다.

　기어이 남편은 겨울이 들어서기 전에 일주일짜리 원
양바리를 탄다고 했다. 남편이 떠난 날 나는 섬에서 처
음으로 눈을 맞았다. 내가 전혀 상상하지 못한 많은 눈
이 내렸으며 마을을 벗어나는 자그마한 재는 이내 눈
에 파묻혔다. 엄청나게 쏟아지는 눈을 보니 나는 심한
외로움과 또 그리움을 느꼈다. 문짝에서 백여 미터도
떨어지지 않은 바다를, 섬에 들어온 후 한번도 나가 보
지 않은 바다를, 나는 내리는 눈 속에서 생각해 냈고,
시어머님의 따가운 눈총을 뒤로 하며 바닷가로 나섰
다.

　섬 전체가, 아니 나를 제외한 섬의 모든 것들이 온통

눈으로 덮여 있었다. 바다는 쏟아지는 눈송이들을 계속 삼켜 댔지만 어쩔 수 없이 눈 속에 묻히며 포효하며 거칠게 저항하고 있었다. 나는 백사장에 남는 내 발자국을 소리 없이 지우며 따라오는 눈과 함께 백사장을 한없이 걸었다.

눈의 유혹에 빠져 백사장의 끝과 끝을 걸으며, 나는 자꾸만 왜소하고 초라해져 갔다. 눈이었다. 남편과 남도의 어느 술집에서 마주앉았던 것도, 단아하게 보이던 남편의 눈 때문이었고, 함께 며칠을 보낸 후 그를 따라 섬으로 들어가기로 작정한 것도 축축하게 젖곤하던 그의 눈빛 때문이었다.

매운 해풍은 사정없이 나의 가슴을 파고들었으며 쉼없이 내리는 눈이 그 공간을 채웠다. 나는 내리는 눈 속에서 나의 가슴에 도사리고 있는 반항과 이 섬이 아닌 남도의 어느 도시에 내리던 눈과 그리고 오늘 남편이 나의 곁을 떠났다는 사실을 곱씹었다.

이러한 사실의 확인은 내게 떠남을 부추기는 은근하고 끈적끈적한 유혹이었으며, 나는 꽁꽁 언 몸으로 집으로 돌아갔다. 시어머님은 나의 형편없이 구겨진 몰골을 보고 혀를 찼다. 나의 행동을 남편의 출어에서 이해했을 시어머님은 당신의 지난 시간들에 비춰보면 내 행동이 가당치도 않았을 것이었다. 그날 나는 뜬눈으로 밤을 새우고 새벽 일찍 뭍으로 나가는 배를 얻어타기 위해 선착장으로 나갔다. 그런 나를 어느새 나왔는지 시어머님이 묵묵히 뒤에서 지켜보고 있었다.

시어머님의 목소리와 사내의 소리가 함께 들렸다. 얘기는 한참 나누고 있었던 모양으로 시어머님의 매운 목소리가 튀어 올랐다.

"며늘 년이 온 거여."

쇳소리가 담긴 칼칼한 시어머님의 목소리가 갯바람을 타고 넘어왔다. 시어머님은 바깥의 이른 피서객과 얘기를 하고 있지만, '며늘 년이 온 거'라고 높인 목소리에는 나를 향한 표독스러움이 담겨 있었다. 하기야 어느 시어머닌들 두 번씩이나 집을 나간 며느리를 좋게 보아 주련만은, 갯바람이 싣고 온 그 말에는 어느 곁에 당신의 수절과 나의 방랑벽을 싸잡아들어, 나를 화냥년으로 욕하고 있는 것이었다.

하지만 가슴에 품고 있는 독기와는 달리, 제자리에 가지런히 놓여 있는 나의 물건들에서 시어머님이 한번도 내 방문을 열지 않았다는 것을 알았다. 처음부터 나를 반대해온 시어머님이었기에, 나의 가출이나 이런 식의 돌아옴에 대해서는 철저히 무관심했다. 시어머님은 나의 존재 자체를 부정하지만 당신의 아들을 곁에 붙잡아 둘 수 있는 유일한 방편의 하나로 나의 머무름을 묵인하고 있는 것이다.

어쩔 수 없이 계륵같이 나의 가치를 인정하고 있다고 하더라도, 시어머님이 나에 대해 갖고 있는 그 원망의 칼날까지 무뎌버린 것은 아니었다. 시어머님은 속으로 더욱 날카롭고 확실한 칼날을 세우며, 단 한번의 칼질로 나를 완전히 없애려고 할 것임에 틀림없다.

나는 이러한 시어머님의 모습을 첫 번째 가출에서 돌아왔을 때 알아차렸다. 긴 동면의 겨울에 사람들이 무기력할 때, 나는 섬으로 다시 돌아가기로 했다. 거리마다 사람마다 돌아다니는 매일의 무절제한 생활에 싫

증이 지쳤기 때문이었다. 무채색의 쳇바퀴의 단조로운
생활과 남편의 출어가 나를 뭍으로 나오게 한 결정적
인 이유가 되었지만, 주거지 없이 이곳저곳을 헤매는
생활 역시도 나를 갉아먹는 일이었다. 만나는 사내들
은 항상 그만그만해서 나의 몸에 대해서만 관심을 보
였다. 나는 그런 사내들의 탐욕스런 표정을 잊기 위해
과음을 하는 날이 많아져갔다. 물론 그런 식의 낯선 남
자들과의 만남이 나의 의도적인 행동이었든 아니면 사
내의 멋진 유혹 때문이었든 간에, 나는 종내에는 그런
일들에 시들해져 버리고 말았다.

  몹시도 추운 날이었다. 그날도 나는 전날 늦게까지
술과 불면으로 새벽까지 잠을 들지 못했다. 밤을 새우
는 내내 거친 바람이 창을 두드려댔다. 북에서부터 밀
려오는 매운 겨울바람은 무시로 사람과 집과 거리를
파고들었다. 미친년 달래 캐듯 난분분 싸돌아다니는
왜바람 소리를 들으며, 나는 섬을 기억해냈고 남편을
생각했다. 남편과 들어간 섬은 나의 작은 목선을 대피
시킬 수 있는 신기루였고, 남편은 나를 인도해줄 가장
완벽한 해도였다. 남편을 만났을 때도 그리고 지금도

나는 오아시스를 찾는 길 잃은 양처럼 헤매는 중이었다. 나는 시어머님한테서 쏟아질 꾸중과 수치심을 무릅쓰고 섬으로 들어가기로 했다.

남편의 위로와 사랑을 바라며 섬으로 돌아왔으나 정작 남편은 없었다. 남편은 내가 섬을 떠난 후 나를 찾으러 뭍으로 나갔다 들어오는 일을 반복하다가, 얼마 전다시 원양바리를 떠났다고 했다. 시어머님은 무슨 책을 읽듯이 아무런 감정 없이 내게 얘기를 했으나, '무슨 염치로 다시 돌아와 억장을 지르느냐'는 원망과 질투가 담긴 도끼눈을 하고 있었다.

"네년이 돌아오면 암말 말고 집에 붙어있으라 하고는 갔어. 그놈도 제 명에 못 죽을 놈이여. 그렇게 지 기집만 끼고 싸돌아 보라지."

시어머님은 비수가 꽂힌 마지막 말을 던지고는 휑하니 돌아섰다. 시어머님한테 들을 독한 꾸지람과 수치심을 이겨내리라 독한 마음을 품고 돌아왔건만, 나의 그 허한 마음을 채울 수 있는 그 무엇은 없었다.

섬이 내가 찾는 신기루 같기는 했지만, 나를 데려다

줄 완벽한 해도를 가진 남편은 이미 길을 떠나고 없었
다. 시어머님은 자신에 대한 화를 이기지 못해 돌아서
나가기는 했으나, 억장이 무너지는 그 가슴에는 나에
대한 길고 튼튼하고 뾰족한 칼을 갈고 있을 것이었다.

답답했다.
움직임이 없는 칠월의 섬은 답답하게 내려앉아 있었
고, 남편이 보이지 않는 집도 처음과 마찬가지로 나를
우울하게 만들었다. 대충 옷을 갈아입고 나는 밖으로
나섰다.
들어올 때 봤던 사내는 보이지 않았다. 시어머님은
방에 계신 듯 이끼가 낀 푸른 기운이 도는 댓돌 위에는
흰 고무신이 올려져 있었다. 돌아온 집에는 바뀐 것이
없었다. 병적이라 할 정도의 결백성을 가진 시어머님
은 매일 당신의 흰 고무신을 빠득빠득 문질러 윤기 나
게 만들어 신고 다녔을 것이다. 하지만 마당 한쪽에 덩
그러니 놓인 절구나 푸른 빛이 도는 댓돌도 시어머님
이 수시로 어우르며 만졌을 것이나, 낡은 고가의 우수
나 칙칙함은 어찌할 수 없었다.

아직은 시어머님께 인사를 드리고 싶은 마음이 일지 않았다. 시어머니가 내 방문을 열고 쏘아붙이지는 않았지만 이미 내가 돌아온 것을 알고 있고, 이번에는 처음보다 훨씬 더 강한 칼날을 야무지게 벼리고 있을 것이다.

나는 석양이 내리는 바다 쪽으로 천천히 걸어 나갔다. 하루의 붉은 잔광에 어떤 것들은 숨어들고 또 어떤 것은 조금씩 모습을 드러내고 있었다. 백사장으로 가는 길 양 편에는 못 봤던 낮은 키의 소나무들이 심어져 있었다. 급조한 흔적이 뚜렷한 것이 올해를 넘기기 힘들어 보였으나 그래도 그들은 나름의 운치를 조금씩은 뽐내고 있었다.

발밑에서 모래들이 한 줌씩 흩어졌다 모였다 한다. 모래들은 내 발가락 사이로 하나씩 둘씩 파고들기 시작했다. 지난겨울 눈 내리던 날 나를 지분거렸던 눈송이처럼, 모래들도 겁없이 나의 발밑을 파고들며 애무해댄다.

은밀히 하지만 쉼 없이 모래는 내게 달려들었고, 그들끼리 낄낄댔다. 그것은 수백수천의 아우성이었고,

또 그만큼의 은밀한 유혹의 속삭임이었다. 바다는 내가 조금도 편안해지지 못하도록 내게 함부로 덤벼들고 있다.

백사장으로 들어서는 조그만 사구에 집에서 보았던 예의 사내가, 바다를 보며 혼자서 소주를 마시고 있었다. 붉은 잔광에 물든 사내의 조끼가 감청의 바다와 어울리며 강한 인상을 주었다. 사내는 아주 묘하게 희미한 미소를 지으며 자신의 쪽으로 턱짓을 해보였다.

어둠이 내리는 외진 섬의 백사장에는 사내와 나를 제외하고는 아무도 없었다. 나는 사내의 오라는 듯한 턱짓은 무시하고 천천히 백사장으로 걸어 나갔다. 나의 이런 행동을 사내는 호기심에 찬 눈빛으로 쳐다보고 있을게 분명해 보였지만 나는 개의치 않기로 했다. 잔광은 사라지면서도 흰 이를 드러내며 감추고 있던 백사장의 속살을 조금씩 벗겨내고 있었다. 아득하게 자신을 애무하며 오라고 손짓하는 바다를 받아들이는 백사장을 나는 계속 걸었다.

바닷바람이 차다는 느낌이 들었으나 상쾌했다. 야간 조업을 나가는 몇 척의 어선의 불빛이 멀리서 빛나고 있었다. 백사장을 거닐며 나는 다시 돌아올 이유가 과연 있었을까를 생각했다. 처음 만났을 때는 남편은 나의 안식처였으나 정작 내가 필요해서 찾을 때는 그는 신기루처럼 사라지고 없었다. 섬을 벗어난 남도의 생활이 권태로운 시간들의 연속이어서 남편을 찾아 돌아왔지만 나를 기다리는 것은 그 허한 적막감밖에 없었다.

인기척에 뒤를 돌아보니 예의 사내가 웃고 있었다. 나는 사내가 나 때문에 비밀의 장원에 빠져들어 흥분하고 들뜨는 그런 호기심에 빠진 것이라 단정지었다.

"얘기 들었습니다. 어머님한테요. 뵀으면 했어요."

사내는 어둠에 몸을 숨기며 얘기했다. 사내의 뒤로 검은 산이 조금씩 여린 실루엣을 드러내며 살아나고 있었다.

나는 사내의 얘기에 일순 긴장했다. 나를 알고 있다는 말과 뵀으면 했다는 말이 한 영상의 이중자막으로 겹쳐 바다 위에서 피어올랐다. 나는 사내에 대해 강해질 필요가 있다고 느꼈다.

백사장은 조금씩 짙어져가는 어둠에 몸을 내어주며 웃던 미소를 뺏겨버렸다. 모래는 여전히 나의 발밑에서, 지금까지 보다는 훨씬 자극적으로 나를 자극하며 소리내어 낄낄댔다.

"그래서요?"

사내는 나의 도전적인 응답 때문에도 불구하고 자신의 방법이 내게 먹혔다는 일종의 헛된 자만심 때문에서인지 목소리가 밝아졌다.

"그냥입니다. 한두 주 되었습니다, 댁에 묵은 지가. 차일피일하다 보니 그렇게 시간이 지나갔네요. 어머님이 이번이 두 번째라고 하던데요."

사내는 얘기의 요점을 교묘히 끌어내는 화술을 지닌 듯 보였다. 시어머님을 어머님이라 부르고, 자신이 묵고 있는 방을 구태여 '댁'이라 부르며 시어머니와 나를 함께 엮었다. 이는 사내가 시어머니를 통해 지금까지의 나의 모든 행적을 듣고 알고 있음에 틀림없어 보이나 비밀을 감추는 마술사처럼, 본인의 얘기는 숨긴 채 내가 섬에 돌아온 이유에 대해 묻고 있다.

이제 사내는 검은 실루엣만 남기고 나머지는 모두

어둠 속에 자신을 숨겼다. 나는 끊임없이 속살거리는 파도의 속삭임과 대놓고 분탕질해대는 모래의 유혹만 느껴졌다. 대답 대신에 나는 그 자리에 주저앉았다. 그러면서 나는 이 섬은 나에게는 신기루이며, 남편은 잡을 수 없는 무지개라는 것을 깨달았다.

바다가 끝없는 사막이라면 신기루는 어디에나 있을 것이고, 그 신기루는 목마른 자에게는 멋진 낙원일 것이다. 비록 내가 꿈꾸어온 낙원이 실체없는 환영으로 밝혀지고, 그 뒤에 밀려오는 절망감과 고독감이 더 깊어진다고 하더라도, 사막을 헤매는 내게 신기루는 잡지 않을 수 없는 낙원인 것이다.

"시간은 사람을 쉽게 망각 속에 빠뜨리죠. 내가 집으로 돌아온 후 한 달여 만에 돌아온 남편은 내가 집 나간 것에 대해서는 아무런 말을 하지 않아서요. 그 대신 남편은 아주 거칠게 나의 옷을 벗기고는 오랫동안 저를 놓아주지 않았죠……"

사내는 나의 얘기에 반응이 없었다. 나는 달이 구름에 가려 사내의 표정을 볼 수 없는 것이 안타까웠다. 하지만 나는 사내가 내 얘기를 흥미롭게 듣고 있는 것이라 생각했다. 왜냐하면 사내는 나의 가출과 이런 식의 돌아옴에 대해서 알고 있고 관심을 갖고 있을 것이기 때문이다. 파도의 지분거리는 속삭임이 멀어져 감에 따라, 바다는 백사장을 거의 다 벗긴 모양이었다.

"남편과 저는 일주일을 꼬박 방에만 틀어박혀 있었죠. 그사이 시어머님이 몇 번이나 남편과 저를 불러내려고 했지만, 남편은 그런 시어머님의 요청에 아무런 반응을 보이지 않았죠."

나는 의도적으로 사내에게 몸을 붙였다. 그 순간 나는 사내가 내 얘기를 들으며 긴장하고 있었다고 느꼈다. 탄탄한 사내의 근육을 느끼며 나는 얘기를 계속했다.

"여자도 말이죠. 욕망과는 상관없이 몸이 달아오를 때가 있어요. 그래서 저는 여자는 모두 창부가 될 수 있는 소지가 있다고 생각해요. 자신의 욕망과는 전혀 무관하게 서서히 그런 관능의 늪에 빠지게 되는 거죠. 저와 일주일을 보낸 남편은 배를 탄다고 집을 나갔어요. 한 달 만에 돌아온 남편은 한 주일은 또 저를 껴안고 지내다가 다시 배를 탄다고 나가는 그런 행위를 두

번이나 더했죠. 남편은 배만 타는 운명을 갖고 태어난 것 같아서요."

나는 사내를 자극하며 말초신경을 건드려댔다. 사내는 파도의 지분거림에 속곳마저 내던지고 나부러져 드러날 듯 말 듯 한 은밀한 달빛의 마사지에 온몸을 맡긴 백사장을 보고 있었다. 파도를 전초병으로 내세워 어둠 속에 숨는 나부의 백사장을 여린 달빛을 통해 훔쳐보는 바다는, 더 이상 물러서지 않고 느긋한 승리의 시간을 보내고 있었다.

"바람이 차요."

나를 쫓아올 때의 그 당당하던 태도가 나의 얘기 때문인지 아니면 도발적인 내 태도 때문인지는 모르나 많이 꺾였다 느껴졌다. 하지만 그것이 아니라 사내가 일부러 꺾인 채 하고 있다가 어느 순간 갑자기 나를 덮칠지는 모를 일이었다.

"전 그런 생활이 주는 답답함을 참을 수 없었어요. 순간적인 욕망은 참을 수 있었지만, 제 자신에 대해 한없이 외로워지는 것은 어찌할 수 없었어요. 남편이 와도 마찬가지였어요. 말이 없는 사람은 아니었는데 첫

공범연습

번째 집을 나간 이후 남편은 저와의 관계에만 빠져들었죠."

애기를 하면서 나는 사내가 눈치채지 못하게 나의 몸을 조금씩 더 사내와 밀착시켰다.

"도저히 견딜 수 없었어요. 무엇보다 함께 애기를 나누고 웃고 떠들 수 있는 그런 사람이 그리워진 거죠. 그래서 남편이 세 번째 배를 타러 나간 다음날 저는 다시 떠났어요. 뭍에 대한 큰 기대는 없었지만 신기루로 생각했던 이 섬이 갑갑한 유형지가 되었기 때문이죠."

사내의 숨소리가 거칠어지는 것을 느끼며, 나는 상체를 거의 사내에게 맡기다시피 기댔지만, 사내는 거친 숨소리 외에는 나의 행동에 반응을 보이지 않았다. 피안의 거리만큼 물러선 바다는 달빛에 조금씩 밝아졌다 어두워졌다 하고 있었다.

나는 사내가 중무장한 갑각류 같다고 생각했다. 의도적으로 내게 접근했음에도 불구하고, 두텁게 자신을 중무장하고 나의 애기는 밖으로 드러나지 않게 그 속에서 혼자 삭이고 있었다. 야누스의 얼굴을 가진 사람으로 보였다.

"그리고는 남도의 거리거리를 돌아다니며 많은 사람을 만났죠. 오랫동안 섬에 갇힌 섬을 벗어났다는 해방감에 처음 얼마간은 재미있었죠. 반짝이는 네온과 사람, 그리고 그들이 내뿜는 적당한 양의 음담패설과 욕설, 그리고 욕정까지도 재미있고 흥미 있는 놀이였죠. 하지만 그것들 역시도 시들해지고 무엇보다도 섬에서 느꼈던 마음의 공백이 다시 살아났죠. 남편도 그리워지고요. 어떻게 할까 한참을 고민하다가 남편에게 다시 돌아오기로 했죠."

나는 얘기를 마치고 사내를 올려다봤다. 사내는 오묘한 표정을 짓고 있었다. 선데이서울이나 삼류 소설의 그렇고 그런 삼류 소설의 신파조 얘기를 읽고 났을 때와 같은 표정이었다.

그렇지만 내가 사내에게 한 얘기가 모두 거짓은 아니었다. 단지 사내의 반응을 떠보고 사내가 내게 보이는 관심의 실체가 뭔지를 알기 위해 좀 더 노골적이고 자극적인 단어를 골라 남편과의 얘기를 이어나갔고, 사내에게 내 몸을 좀 더 많이 기대는 구체적인 도발 행위를 더했던 것이다. 단지 내가 다시 돌아온 이유, 나

도 잘 모르는 그 이유에 대해서만 얘기하지 않았을 뿐
이었다.

짙은 구름을 서서히 벗기며 달이 얼굴을 내밀었다.
그와 동시에 내 주변의 산과 바다와 사내의 모습이 내
게 들어왔다.

"며칠 전 댁의 남편을 만났습니다."

사내는 아직도 중무장을 하고 말을 꺼냈다. 사내는
분명히 나의 얘기를 긴장해서 듣고 있었음에 분명했
다. 하지만 대수롭지 않은 일이다. 사내가 남편을 만났
던, 남편이 사내를 불렀던 간에, 신기루였던 이 섬에서
내가 찾던 남편은 사라져 버렸다.

손을 뻗어 사내의 가슴에 집어넣었다. 숨겨진 가슴
은 크고 탄탄했다. 사내는 나로부터 자신을 이기기 위
해 노력하고 있다고 생각했다. 사내의 조그마한 유두
가 손가락에 들어왔다.

"댁의 남편은 죽었습니다. 할머니께서 며칠 전에 선
박회사로부터 보상금을 받아왔다고 했습니다. 조업 중
실족으로 떨어졌다고 하더군요. 그래서 저도 떠나지

신기루

못하고 차일피일하고 있다가 당신을 만난 겁니다."

순간 나는 사내의 유두를 힘껏 비틀었다. 사내는 소리를 지르며 몸을 뒤로 뺐고, 사내에게 기대어 유두를 비틀었던 나는 손을 허적이며 백사장에 자빠졌다.

충분한 휴식을 취한 바다는 폭풍의 눈처럼 잠시 멋을 부린 달을 밀어내고는 먹구름으로 채우고 있었다. 바다는 속살을 드러낸 백사장에 내어주었던 자신의 자리를 다시 차지하기 위해, 거센 바람을 불러 모으고 있었다. 지금까지 나를 둘러싸고 은밀히 속삭이던 모래들도 새로이 다가오는 제왕을 맞이하기 위한 준비를 시작하고 있었다.

사내는 잠시 멈칫하더니, 백사장에 나뒹굴어진 내게 다가왔다. 내게 있어 신기루는 어디에나 있는 것이지만 또 어디에도 없는 신기루이기도 했다.

나는 사내보다 먼저 사내의 목을 끌어안으며 사내의 얼굴을 핥았다. 사내는 예기치 못한 나의 갑작스런 행동에 몸을 빼는 척 하다가, 사내는 적극적으로 변했다. 지금까지의 나의 도발적인 행동과 자극적인 말은 이미 사내의 말초신경을 충분히 달궈났을 것이다. 아니면 남편의 죽음을 핑계로 차일피일 떠날 날을 미루고 있었던 것은 이런 식의 나와의 만남을 기다리고 있었기 때문인지도 모를 일이었다. 사내는 나를 벗기기 시작했으며 나는 사내의 행동대로 몸을 맡겼다. 사내의 몸에서는 온통 짠 소금 내가 났다.

기어코 비가 내리는 것이라고 나는 느꼈다. 사내의 등을 훑은 비는 내게로 흘러내렸으며, 파도의 소리는 점점 가까이 다가왔다. 나와 함께 된 사내를 느끼며 나는 남편의 죽음과 내가 보냈던 남도의 생활을 생각했다.

남편은 결코 실족하지 않았을 것이다. 남편은 나를 찾기 위한 최후의 방법으로 스스로 바다에 뛰어들었을 것이다. 그리고 시어머님이 나를 찾도록 만드는 구실을 주기 위해서 일 것임에 분명했다. 남편은 지난 시간 시어머님의 수절과 나의 방황, 그리고 스스로 풀지 못하는 문제를 살아있는 자들에게 남기고 간 것이 분명하다고 단정지었다.

사내의 입술이 나의 유두를 깨물었을 때 나는 가벼운 신음소리를 냈다. 어둠의 그늘 저편에 가려져 있는 사내는 자신의 환영과 꿈의 상상 속으로 나를 이끌고 있었다. 나는 사내의 서두르는 몸짓에서 나의 가출이나 남편의 죽음보다 사내에게도 급했던 것은 나의 몸이었단 것을 알았다. 사내는 이 순간까지 자신의 예리한 발톱을 어둠 속에서 날카롭게 갈고 있다가, 단숨에 나를 낚아챈 것이다.

사내의 등 뒤로 보이는 하늘은 온통 잿빛이었다. 사내는 마지막 낚아챔을 위한 그의 행동에 집중했다. 나를 지분거리던 모래 대신에 어느새 점령군이 된 바닷물이 사내 모르게 나의 등을 애무하고 물러나는 작업을 계속하고 있었다.

찼다.

그동안 피안에 물러나 휴식을 취하고 있던 바다는 어느 순간 백사장을 점령하고 모래처럼 꿇어 앉으라 하고 있다. 처음에는 나의 유혹에 의한 사내의 복종이라고 생각했던 것이, 사내의 집요한 음모에 내가 빠져들었다고 생각되는 것처럼, 바다는 역시도 쉬면서 그의 칼날을 세웠고, 모래를 밀어낸 자리에서 애무하며 나의 등에 비수의 날을 꽂고 있는 것이다. 순간 나는

공범연습

섬뜩한 황홀감에 빠졌다. 사내는 내 몸 위에서 거친 동작으로 나를 학대하고 있었고, 바닷물은 고립된 나의 등을 비수의 칼날로 생채기를 내고 있었다.

나는 완전한 고립과 벗어나지 못하는 음모 속에 빠져있는 나를 발견했다. 사내의 등 뒤로부터 파고드는 빗물은 거리낌없이 나의 전신을 훑거나 농락하고 있었고 바람은 차갑게 돌아서 있었다.

하지만 그러면서도 나는 사내를 밀칠 수가 없었다. 사내는 숨어서 훔쳐보던 나의 모든 욕망을 일깨우고 그의 손가락 하나하나의 움직임을 민감하게 쫓아 반응하는 미세포로 나를 만들어버렸다. 사내의 손끝이 닿을 때마다, 사내의 숨결이 덮칠 때마다 나는 나를 잊고 아득히 초월해갔으며, 사내는 그런 나를 보며 자랑스럽게 자신의 칼을 들이밀었다.

바다는 점점 광포해져 갔으며, 모두는 그만큼씩 흥분해갔다.

금방 한기가 들었다.

처음 사내의 몸에서와 마찬가지로 나의 몸에서도 온

통 소금 냄새가 났다. 사내는 단지 내게 소금 냄새만 남기고 사라진 이 밤의 어둠이며, 남편은 사라진 신기루였다. 가증스럽게도 나는, 물론 사내의 말이 사실이던 아니던 간에, 남편이 죽었다는 소식을 들은 날 다른 한 남자를 받아들였다. 나는 시어머님의 말대로, 서방을 괴롭히는 화냥년이고 당신의 영혼을 후벼 파는 요귀여서 때문인지도 모를 일이다. 등 뒤에서 파도는 계속 나를 어루만지며 즐겁게 속삭이고 있다

순간 나는 땅과 떨어진 바다 위에 내 자신이 있음을 알았고, 바다는 계속 자신에게 무릎 꿇기를 강요하며 나를 자신의 중심으로 끌어들이고 있다. 온몸에 비늘 같은 소금이 일었지만, 나는 그냥 파도 위에 주저앉았다. 주저앉으며 나는 내가 다시 이 섬에 돌아온 이유와 남편의 죽음이 하나가 되는 것인지 궁금해졌다.

신기루는 어디에도 있지만, 어디에도 존재하지 않았다. 섬은 다다를 수 없는 신기루이고, 남편은 이미 나의 곁을 떠난 허상이 되고 말았다. 나의 신기루는 무엇일까?

비는 그쳤지만 바람은 여전히 나를 감싸안고 있었

고, 바다는 나를 뭍으로부터 조금씩 조금씩 고립시키고 있었다.

뫼비우스의 띠

그녀는 뒤돌아보지 않고 등 뒤로 손을 들어 흔들어 보이고는 마지막으로 버스에 올랐다. 나는 그녀의 그런 손짓 뒤에서 이미 막 시작된 초겨울의 추위가 묻어나는 것을 느꼈다. 급하게 길을 나선 그녀는 좀 피곤하지만 약해진 모습으로 어머님 상가에서 도착할 것이다. 죽음이란 단어가 대부분의 사람들을 주눅 들게 하는 것처럼, 갑작스런 어머님의 죽음과 예정에 없는 추위가 그녀를 얼어붙게 만들 것이다.

길을 떠나는 사람과 헤어지고 돌아서기에는 늦은 시

간이었다. 몇몇의 전송객만이 걸음을 재촉하며 승강장을 떠났다. 버스가 출발하는 것을 보고 나도 돌아섰다. 지금 나의 마음이 편치 않는 것은 그녀 어머님의 부고를 통보받고도 미적대는 나를 그냥 두고 그녀 혼자 내려갔기 때문이다. 혼자 보낸 것에 대한 미안함 뿐만 아니라 같이 가지 못하는 이유를 설명하지 못했기 때문이다. 인사하지 못한 그녀 쪽 가족이나 친척에 대한 부담, 아니면 며칠 서울을 비울 수 없는 중요한 일. 둘 모두 아닌데 나는 같이 가지 않았다. 어쩌면 그녀를 위해 아무것도 해줄 것이 없다는 자괴심 때문일지도 몰랐다.

　나는 그녀가 떠난 대합실에서 더 서성거릴 이유도 없고 불쾌하게 자신을 누르고 있는 우울한 기분을 떨치기 위해 걸음을 재촉했다. 매서운 겨울바람이 어둠을 감싸고 있는 터미널 앞의 버스정류장에 드문드문 웅크리고 있던 승객들도, 익숙하고 재빠른 동작으로 기다리던 버스 안으로 사라져갔다. 정류장 맞은편으로 마주보며 서 있는 아파트들도 온기 하나 느낄 수 없는 건조한 불빛으로 그들의 동체를 추운 바람으로부터 막

　　　　　　　　　　　　　　　공범연습

아서고 있었다. 갑자기 들이닥친 이 첫 추위는 거리나 사람에게 파고들어 그 생활의 리듬을 마디마디 끊어놓고 있었다.

허전함. 그녀가 혼자 길을 떠났다기보다는 함께 가지 못한 나의 행동이 나를 매우 허망하게 만들고 있다. 나는 몇 대의 버스를 그냥 보내며 정류장에 서 있었다. 홀로 썰렁한 아파트로 돌아가려니 너무 청승맞았다. 하지만 나는 아파트로 돌아가는 것 외에는 다른 방도가 없다는 것도 안다. 내가 밤을 지새우며 그녀가 어머님 상가에서 하는 것과 똑같은 시간을 보내는 것이, 함께 가지 못한 그녀에 대한 내가 해야 할 최소의 예의이기 때문에.

서울을 벗어나면서부터 날리기 시작한 눈발이 첫 번째 휴게소에 도착했을 때는 제법 굵어져 있었다. 어머니가 돌아가셨다는 연락을 받고 급하게 떠난 길에 내리는 눈발이 다소 걱정되었으나 별 탈이 없기를 바랐다. 내리는 눈을 보며 나는 그를 생각했다. 나에게 살갑게 대하며 다정다감한 편인 그는, 내가 혼자 이 길을 떠나는 것을 그냥 내버려 둔 것에 대해 후회하고 있을 지도 모른다는 생각이 들었다. 오늘 내려가야 할 길이 멀어 혼자 간다고 그를 닦아세운 것이 잘한 것인지는 모를 일이다.

버스는 일 분의 휴식시간 동안 충분히 힘을 회복한 복서마냥 힘차게 출발했다.

아리송해, 아리송해……

버스는 자신의 몸체에만 힘을 주는 것이 아니라 적당한 볼륨의 스피커 속의 여가수도 흥분시키고 있었다. 그 여가수가 부르는 아리송함은 이내 밀려든 어둠과 함께 나의 가슴을 묘하게 파고들었다. 그것은 아직 충분히 몸에 익지 못한 기술을 부리는 어릿광대의 서툴고 위험한 몸짓과 같았다. 남을 웃기기 위해서는 나는 울어야만 하는 희극적 비극. 버스 안을 채운 여가수의 아리송함도 그 정체를 드러내 놓고 있지 않지만 그것도 슬픈 비극 같았다. 나는 신맛이 완전히 가시지 않은 귤을 까서 눈을 조금 찡그리며 입에 넣었다. 신 귤의 향이 입 안 하나 가득 차올랐다.

그는 언제나 꿈속에 사는 이상주의자였다. 얘기를

공범연습

잘해서 나를 웃겨 만드는 타입은 아니었으나 술이 좀 들어가면 겨울 같은 깊은 고립감이나 풍요 속의 피폐함을 얘기했다.

우연한 일이었다. 그에게 몸을 허락한 것도, 같은 지붕 아래서 한솥밥을 나누며 먹게 된 것도, 그리고 서른이란 적지 않은 나이에도 불구하고, 앞날에 대한 아무런 예비도 없이 그와 그럭저럭 생활을 함께 하는 것도 서로가 배반하지 못하고 있는 것도, 둘을 묶고 있는 감정에 의해서 일 것이다.

내가 회원으로 있던 글 모임에서 박상륭에 관한 토론회 때 왔던 몇 안 되었던 참석자 중의 하나로 그를 만났다. 당시 나는 연보를 보고 사상계를 열심히 뒤져야 찾을 수 있었던 박상륭 소설에 관심을 가진 그와 몇 번 만나 얘기를 나누었다. 단행본도 찾기 힘들고 소설에 대한 평론도 찾기 힘든 작가에 대한 공동의 관심 정도였다.

어느 날 그는 연인에게 흰소리를 하는 것처럼 아주 익숙하고도 자연스럽게 내게 전화를 했다. 그리고는 하늘이나 구경 가자며 바람을 잡았다. 그의 전화를 받고 있는 내 뒤로 매운 겨울바람이 지나가고 있었다. 하늘을 보기에는 너무나 을씨년스러운 날씨였지만, 나는 그와 약속을 했다. 전화를 끊으며 나는 내 행동이 얼마나 충동적이고 겁 없는 장난인가를 스스로에게 물었다.

나는 매서운 바람이 씽씽 몰아치는 벌판에서 하늘을 보러 가기 위해 그를 만났다. 그가 나를 데리고 간 벌판의 끝에서부터 겨울 하늘이 피어나고 있었다. 그는 겨울 하늘을 '여린하늘'이라고 불렀다. 벌판의 끝에서 피어나는 여린하늘은 겨울에만 볼 수 있으며, 그 하늘은 이 세상의 뿌리인 땅에서 피어오르며, 사람들을 흙과 같이 거짓 없고 순하게 만들어 준다는 나름대로의 '여린하늘론'을 펼쳤다.

바람은 마른하늘에서 내려와 피폐한 땅 위에서 울어대고 있었다. 그 바람의 울음 위로 또는 아래로 하늘이, 혹은 낮게 혹은 높게 펼쳐져 있었다. 허허벌판의 끝에서 피어오른 겨울 하늘은 매서운 북서 계절풍의 기세에 얼어붙어 여리고 나약한 모습으로 다가왔다.

내가 하늘을 그렇게 자세히 바라보기는 그날이 처음

공범연습

이었다. 벌판의 끝에서부터 피어나는 하늘은 신비하고
도 우울했다. 그것은 자기장이나 전기장 속에서 이루
어지는 환류와도 같이 끊임없이 벌판에서 피어오르고
있었다. 두 사람은 꽁꽁 언 몸으로 돌아섰다. 감상만으
로 이해하고 받아들이기에는 좀 더 현실적이고 매서운
추위가 몸을 먼저 붙들어 매고 있었던 것이다.

나는 그 여린하늘을 남겨두고 온 것을 기억해냈다.
아리송해는 이미 다른 노래로 바뀌었으나, 차 안에 내
려앉은 어둠은 묘하게도 나의 마음을 휘저었다. 마주
오는 차의 헤드라이트 불빛으로 버스에 날리는 눈발을
볼 수 있었다. 어둠이 사람의 마음을 이렇게 사로잡는
힘이 있는 줄을 나는 몰랐다. 신통치 않은 차의 스팀을
뚫고 추위가 조금씩 그녀를 파고드는 것처럼, 눈에 보
이지 않는 어둠도 소리없이 나를 에워싸곤 조금씩 가
슴을 파고들었다.

나를 제일 먼저 맞이한 것은 터미널의 버스정류소에
서 보았던 온기 없던 아파트의 불빛이었다. 방의 스위
치를 올리자 두세 번의 수줍은 듯한 깜박거림은 어둠

속에 숨긴 채 불이 들어왔다. 방은 적당한 온도로 데워져 있었지만 나는 한기를 느꼈다. 조금 전 그녀와 있을 때와 같은 모습이지만, 나는 분위기가 다르다고 생각했다.

청승을 떤다는 생각이 들었지만 나는 두 개의 잔을 꺼냈다. 하나는 오늘 세상을 버리신 그녀의 어머님을 위하여, 다른 하나는 하늘에 대한 헌작을 위해 잔을 채웠다. 서울의 하늘은 하늘로서의 힘과 권위를 잃어버린 신의 권위자가 아닌 패배자이기에, 어머님은 이제는 떠난 날로만 남아있는 자들에게 기억되게 되는 매우 슬픈 이별의 날이기에, 두 잔을 채웠다.

나는 창을 열고 두 잔을 하늘에 바쳤다. 창밖에 울어대던 바람이 이내 나의 귀에서 울기 시작했다. 아파트 광장을 빠져나가지 못한 바람들은 모든 창들을 두드리고 있었다. 하늘은 본래의 하늘이 아닌 혼백만이 떠도는 버려진 땅과도 같이 보였다. 그런 하늘 밑으로 몇 그루의 정원수들이 앙상한 가지만 드러낸 채, 가장 튼튼한 그들의 뿌리를 지키며 힘겹게 서있는 모습이 보였다. 바람 때문에 나는 빨리 창을 닫았지만, 또 다른 바람의 영혼이 닫힌 창 뒤를 두드려댔다.

땅을 딛지 않고 서있는 모든 것은 하늘이다. 벌판의 끝에서 시작되는 여린하늘은 이 아파트촌 어디에서도 볼 수 없다는 것을 최근 나는 알았다. 하늘은 갖고 있는 무궁한 변화를 통해 우리에게 환희나 기쁨이나 혹은 애수나 감상을 보여주는 것이 아니라, 사각의 링에 갇혀 맴도는 메마른 한 줌의 재처럼 구겨진 거리를 이리저리 헤매고 있어서였다.

몇 잔의 술은 나를 여린하늘의 환상에서 깨워줬다. 내가 지금 할 일은 여린하늘에 대한 애착이 아니라, 나의 열기로 이 우울하고 썰렁한 아파트를 따뜻하게 데우는 일이 우선임을 알려줬다.

나는 그녀가 울지 않을 것이라고, 다정히 입맞춤을 하고 있는 잉꼬를 보며 생각했다. 어느 날 한 쌍의 잉꼬를 그녀가 들고 왔다. 조그만 부리를 내밀며 입맞춤을 하는 모습이 귀여웠어요. 새장을 내려놓으며 그녀는 그렇게 말했다. 잉꼬의 입맞춤은 신통하게도 아파트를 잘도 지켜주었다.

그녀와 하늘을 구경하러 간 날은, 추위에 밀려 총총

히 그 벌판을 떠나야만 했다. 돌아서는 두 사람의 등 뒤에서 바람은 우쭐대며 씽씽 불어댔다. 내가 그녀를 다시 만난 것은 그 긴 겨울의 우울이 끝나갈 때쯤이었 다. 사람들의 외투가 조금씩 얇아져가고, 눈이 녹아 거 리가 질척해져 모두들 변덕스런 날씨를 얘기할 때쯤이 었다.

다시 한번 질척거리는 서울을 벗어나자고 했을 때 그녀는 그냥 웃기만 했다. 웃음은, 소리 없이 전해지는 그녀의 웃음에는, 나는 안중에도 없는 것 같은 표정이 었다. 그런 일을 할 만한 여유가 없다는 것 같기도 했 고, 지금 서울을 벗어난들 무엇이 달라지겠느냐는 자 조적인 반문 같기도 했다. 긴 동장군이 밀려나는 것에 모두들 조금씩 들뜨고 있지만, 그녀는 벌판의 끝에서 밀려와 낮은 하늘을 제치고 그들을 힘차게 밀어내며 깔깔 웃던 바람과도 같다는 느낌을 나는 받았다.

그의 제안을 내가 받아들이지 않은 것은 여전히 겨 울의 한가운데에 있다고 느껴서였다. 또한 잠시 서울 을 벗어난다고 해도, 편히 쉴 수 있는 곳이 있을까 라는 회의도 들어서였다. 겨울의 추위는 단지 상대방에 대해 조금씩 연출된 모습을 보여줄 뿐, 서로를 믿고 의지하기에는 너무 삭막하기 때문이다.

그때도 나는 잔설이 드문드문 깔려 있던 거리를 말없이 돌아서 갔다. 아직도 한껏 나대고 있는 겨울의 두께를 돈키호테처럼 물리칠 용기는 보여주지 않고, 오늘처럼 돌아서 가는 그를 보았다. 마른바람이 휘돌아 나오는 골목의 끝에서 나는 그렇게 쓸쓸히 돌아서던 한 남자를 보았다.

마지막 귤 조각을 입에 털어 넣었다. 눈가를 한번 스치는 찡그림이 신맛을 대신했다. 입안 가득 귤의 신맛이 가득 차 있었기에 마지막 조각은 한 번의 찡그림만으로도 족했다.

서울을 벗어나자던 얘기 후 한동안 소식이 없었던 그로부터 새로운 전화를 받은 것은 한참이 지난 후였다. 거리에는 완연한 봄기운이 넘치고, 사람들의 발걸음은 한결 가벼워 보이고, 개나리, 진달래가 이른 꽃망울을 터트리기 시작할 때였다. 그리고 가끔씩은 반복되는 일에서 벗어나 점심 후의 노곤함에 양지를 찾아

따사로운 햇살을 즐길 때쯤이었다. 전화 건너편 그는 약간 취해 있는 것같이 느껴졌다. 잠시만 만나면 된다는 그의 목소리는 평소의 자신 있는 말투는 아니었다.

짧은 봄날의 햇살이 사라질 때쯤이었다. 꼭 만나서 해야 할 이유는 없었지만 그렇다고 피한다는 인상을 주는 것도 좋지 않아 보여 그와 만나기로 했다. 만남을 피한다면 딱히 내세울 것이 없는 그와의 관계가 자꾸만 길어질 것 같은 생각이 들어서였다.

잔잔한 경음악이 흘러나오는 아담하지만 고급스럽게 꾸며진 경양식집에서, 그는 조금 살이 빠진 모습으로 혼자서 술을 마시고 있었다.

"오래간만입니다."

그는 내게 이렇게 한마디를 던지고는 술을 한 모금 들이켰다. 그는 보고 싶었다거나 아니면 생각을 많이 했다거나 같은 말은 모두 잘라버리고 나한테서 답을 찾고자 하는 것 같았다. 나는 이런 불편한 관계는 빨리 끝내는 것이 좋다고 생각했다. 나는 혼자서 세상을 살아갈 방법을 찾지 않는 사람들은 다른 사람과의 만남이나 사랑도 충동적일 뿐이라는 생각도 들었고, 그날

술을 마시는 그도 그렇게 보였다.

"가야겠습니다. 이젠 서로 잊기로 해요."

잊는다는 말이 그에게 상당한 부담감을 줄 수 있다는 것을 알면서도 그녀는 일부러 또박또박 말했다. 서로를 잊는 것이 두 사람의 관계를 정리할 수 있는 가장 좋은 방법이기에.

그는 대답 대신 기차표 한 장을 내 앞으로 내밀었다. 내가 전혀 생각하지 못한 행동이었다. 그는 내가 기대하지도 바라지도 않은 자리를, 천근의 무게를 가지고 내밀었다. 아마도 함께 앉아가는 또 하나의 자리는 그가 가지고 있을 것이었다.

나는 당혹감과 함께 상당히 예측불허의 사내라는 느낌을 그에게서 받았다. 지금 기차표를 내밀며 벌이는 그의 침묵의 시위는, 함께 서울을 벗어나자던 그 요청의 계속으로 느껴졌다. 내가 갖고 있던 그에 대한 모든 것이 얽혀버렸다. 나를 화나게 만들고 아집에 가득 찬 이기주의자에다 신사인 척하며 여자에게 농을 치는 무뢰한. 그가 내민 기차표를 무시하고 일어서는 나에게, 그는 테이블 위의 표를 갖고 일어서서 다시 내밀었다.

가져만 가 달라고. 그리고 그 이후의 일은 내가 알아서 결정하면 된다고.

나는 그한테서 나의 자리를 넘겨받은 후 그 경양식집을 나올 수 있었다. 기차표는 엄청난 무게로 나를 압박했다. 그는 내가 자신의 일방적인 요청을 거부하지 말라고 압박하고 있다고 느꼈다. 옆으로 새거나 돌아갈 수 없는 막힌 골목길에 나를 가둔 후 빠져나가지 못하도록 막고 있는 것이다. 그가 내게 준 기차표는 풀려고 애쓰면 더 얽혀드는 매듭이자, 벗어날 수도 없고 시작도 끝도 없는 뫼비우스의 띠였다.

화창한 봄날의 시간을 나는 사무실에 앉아 볼펜 끝으로 책상이나 톡톡 두드리며 죽이고 있었다. 나의 동작에 볼펜은 정확한 반작용으로 튀어 올랐다. 하지만 그가 내게 맡긴 표에는 이런 확실성이 없었다. 며칠의 고민 끝에 나는 그를 만나 표만 던져주고 오기로 작정했다. 가장 확실한 거부의 표시는 뭉개버리는 것이 아닌 직접 행동으로 보여주는 것이라 느꼈기 때문이다. 그에게 보여줄 수 있는 가장 확실한 거절의 방법이라고 나는 생각했다.

버스는 고속도로를 벗어나 시내로 접어들고 있었다. 나는 서둘러 짐을 챙겼다. 아직도 어머님 상가까지는 아직도 가는 길이 한참 남았기 때문이다.

　마음이 조급해서였다.

　내가 그녀와 함께 길을 떠나지 않은 것은 아직도 승낙받지 못하고 있는 둘의 관계 때문만은 아니었다. 그것보다는 내가 그녀의 가족을 부담없이 만날 수 있다는 자신감이 없어서였다. 사랑하는 남녀가 만나 같이 살 수 있으나, 두 사람만의 사랑만이 전부가 아니기 때문이다. 계속 창을 두드리는 겨울바람이 혼자 술을 마시고 있는 나를 깨워주고 있었다.

　일어나라, 깨어나라.

　바람은 내게 계속 이렇게 얘기하고 있다고 느꼈다. 겨울바람은 나에게 깊고 우울한 어둠에서 깨어나, 나의 땅, 나의 하늘에 질기고 튼튼한 뿌리를 내리라고 속삭여댔다. 바람은, 그녀에게 서울을 벗어나자고 끈질기게 졸랐던 나처럼, 홀로 남아 초라해진 나를 부추겨 댔다. 지금 내가 헤어나지 못하고 있는 속절없는 방황에서 벗어나, 그 속박을 풀어 완전한 자유인으로 나와 같이 주유천하를 하자고, 바람은 쉼없는 손짓을 보내고 있다.

은밀하지만 대놓고 유혹하는 바람의 속삭임을 떨쳐 버리기 위해 나는 누구에게라 할 것도 없이 빈 잔을 채워 헌작을 계속했다. 죽음이, 바람이, 그리고 그 세찬 바람에 줏대 없이 흔들리고 있는 하늘이 잔을 받았다. 무색의 맑은 액체들은 불빛에 잠시 빛났다가는 사라졌다.

막 시작된 연휴로 붐비는 역 광장에서 그녀를 볼 수 있었던 것은 대단한 행운이라고 나는 생각했다. 초봄의 훈훈한 햇살이 조금씩 들뜬 상춘객의 어깨 위에 그 따스함을 골고루 나눠주고 있을 때 나는 용케도 그녀를 찾아냈다.

"표를 돌려드리려고 왔어요. 이렇게 하는 것이 가장 확실한 저의 답이 될 것 같아서요."

그녀는 나를 만나자마자 이렇게 얘기하며 표를 내놓았다. 나는 예기치 않은 그녀의 반격에 당황했다. 하지만 나는 그녀를 묶을 올가미를 만들어냈다.

공범연습

"제가 돌려받을 것은 아무것도 없습니다. 만약 오늘 나오지 않았다면, 당신의 빈자리를 생각하며 긴 시간 아파했을 수도 있겠죠. 하지만 지금은 그럴 때가 아니죠. 당신은 오셨고, 나는 나의 사랑과 함께 가야 할 책임이 있는 거고."

나는 그날 그녀에게 사랑을 얘기했다. 그녀에게는 입에 발린 솜사탕처럼 들렸을지도 모르지만 나는 가슴에서 우러나오는 사랑을 그녀에게 말했다. 얘기를 하면서 그녀는 쉽게 무너지지 않을 것이란 느낌과 그녀가 나를 받아준다면 오랫동안 함께 할 수 있는 사이가 될 것이라고 생각했다.

하지만 그런 사랑을 위해서 나는 좀 무식해질 필요가 있었다. 나는 휘어지지 않으면 무너뜨릴 수밖에 없는 일이라 생각하며, 돌아서는 그녀의 팔을 끌어당겼다. 거세지는 않았으나 거절임에 분명한 몸짓을 보이며 그녀는 나에게서 벗어나려고 했다. 그녀는 나에게 속삭였다

'놓아주세요, 놓아주세요.'

내 손에 잡힌 그녀는 한 마리의 작은 새였다. 나를

벗어나기 위해 왔던 그녀는 나에게 잡힌 작은 새가 되어 나를 벗어나고자 했다.

'놓아주세요, 놓아주세요.'

나는 먹이를 포착한 포수의 우월감으로 나의 덫에 걸린 작은 새에게 올가미를 씌웠다. 그리고는 그녀를 보듬어 함께 개찰구를 빠져나갔다.

짹 째짹 짹짹짹짹

갑자기 잉꼬가 울어대기 시작했다. 그녀의 거부의 몸짓이 잉꼬의 울음에 겹쳐 나타났다. 혼자서 마시는 술의 취기가 쉬 올라왔다. 나는 나의 작은 새가 되었던 그녀와, 하늘과, 썰렁한 아파트와, 바람에 일일이 나름의 의미를 부여하며 계속 술을 마셨다. 그리고 마지막 잔은 잉꼬를 위해, 그들의 끊임없이 솟아오르는 사랑을 축하하며 잔을 들었다.

잉꼬는 항상 주위가 조용해져야만 사랑의 시간을 가졌다. 스타카토로 소리를 짧게 끊으며, 암놈은 더욱 바짝 꽁지깃을 세웠고, 수놈은 목을 뻗어 고개를 돌린 암놈의 부리에 수없는 입맞춤을 퍼부으며 계속 사랑의 소리를 질렀다. 잉꼬는 달아오르는 사랑의 욕망을 소리로 전하는 것 같았다. 그것이 그네들이 행하는 사랑에 대한 확신이고 믿음이고 연가였다.

나는 잉꼬들의 사랑의 확신을 위해 한 잔 더 들기로 했다. 그 잔은 언제인지는 모르지만 사랑하는 두 잉꼬의 슬프지만 분명한 이별에 대한, 피할 수 없는 그 분명함에 대한 헌작으로 바쳤다.

나 자신도 그랬다. 시작은 다소 엇박자이기는 했으나 여행 이후 그녀와 같이 지내게 되었다. 이미 우리는 서로가 사랑하는 연인이 되었음에도 불구하고 나는 그녀에게서 새로운 것을 확인하고자 하는 욕망이 끊임없이 일어났다. 그녀를 만나기 전에 가졌던 수많았던 불면의 나날들과, 실체 없는 바람이고 꿈이었기에 거침없이 속삭일 수 있었던 사랑의 얘기들. 하지만 그 속살은 그녀보다는 나 자신의 욕망이었고 나에 대한 두려움이나 학대였다. 그녀에게 상처를 준 후 그것을 확인하지 못하면 견뎌내지 못하는 알량한 자신에 대한 연민이나 동정, 그것이 전부였다.

잉꼬의 울음은 계속되고 있었다. 나는 그동안 마신 술로 불쾌해진 얼굴로 잉꼬를 쳐다보며, 만약 오늘밤

이 놈들이 또다시 사랑의 시간을 가진다면, 모두 다 목을 비틀어 황량한 아스팔트 위로 던져버릴거라고 작정했다.

예상치 않게 많이 내린 눈 때문에 집으로 가는 마지막 버스를 놓쳐버린 나는 일순 당황했다. 눈 내리는 십여 리의 추운 시골길을 재게 걸어야만 어머님의 빈소에 도착할 수 있기 때문이다. 나는 삼거리에 아직도 문을 열고 있던 길가의 다방에 몸을 녹이기 위해 들어섰다.

그 시간의 시골 다방은 동네 사랑방 같아서 나에게는 언제나 낯설었다. 톱밥을 사용하는 구식난로가 홀에 하나 놓여있었고 그 옆 테이블에는 단골로 보이는 손님과 마담이 노닥거리고 있었다. 마담은 자신의 옆 테이블을 눈으로 가리키며 뜨거운 엽차 한 잔을 갖다 주었다.

엽차로 한기를 몰아내며 나는 괜히 내려온 것이 아닌가 하는 생각이 들었다. 그런 생각은 어머님의 죽음을 확인하기에는 너무 춥고 을씨년스럽게 변한 날씨 때문일지도 몰랐다. 아울러 예기치 않는 걸어야 하는 시골 십 리 길도 낯설고 멀게만 느껴졌다. 한 사람의 죽음을 확인하기 위해 살아있는 사람이 걸어가야 하는 길이 십 리면 적당한 것일까? 우리는 죽음을 꼭 이런 방식으로 확인해야만 하는 걸까. 또한 가서 맞닥뜨리게 될 친인척 또한 부담스러운 일인 것이다. 그네들이 지어보일 울음, 슬픔, 위로들. 이는 그네들이 망자에게 보이는 살아있는 자들의 최대의 존중이자 믿음인 것이다.

가지 않아도 좋았던 길.

나는 그렇게 생각의 선을 긋고는 집으로 가는 길을 나섰다. 눈발이 제법 굵기는 했으나 이미 내린 눈으로 인해 다행히 길눈은 밝았다. 그 길의 끝에서도 바람이 불어오고 있었다.

나는 그와 함께 갔던 여행도 오늘과 같지 않았을까 생각했다. 어쩌면 그 길은 가지 않아도 좋았을 길이었다. 하지만 또다시 쓸쓸히 돌아설 그의 등, 그 초췌하고 왜소한 등을 보기가 싫어 그와 함께 길을 나섰다. 하지만 그 길에서 그는 나의 모든 것을 자꾸 확인하고 싶어 했다. 알아봤자 무엇 하나 특별할 것도 없는 나약하고 초라한 나에 대한 확인. 사랑은 그러한 확인이거나 믿음일 수만은 없는 것이건만, 그는 자꾸만 확인하고 갖고자 했다.

어리석은 자거나 불쌍한 자.

남을 통해 나를 알아보고자 하는 덜 떨어진 인간. 그도 이런 범주에 속해있으면서, 나를 통해 자신을 확인하려고 발버둥치는 슬픈 사내인 것이다. 어머님께 가는 길을 걸으며 나는 그에 대해 다시 생각하기 시작했다. 둘을 옭아매고 있는 가장 확실한 끈이 무엇인지를.

길의 끝에서 시작되는 바람이나, 땅의 품에서 피어오르는 하늘이나, 멈추지 못하고 계속 걸어야 하는 끝이 보이지 않는 길에서, 우리는 스스로 옭아매고 있는 올무와 환상에 빠져 헤매고 있는 것은 눈치채지 못하는 비밀일까?

하늘보다도 낮은 눈발이 내리는 밤길을 걸으며 나는 환상을 깨는 일에 대해 생각하기 시작했다.

공범연습

버려진 혹은 잊혀진

잠시 뜸하던 바람이 세어지자, 움막의 한구석에서 사내 몰래 은밀한 휴식을 취하고 있었을 새의 날갯짓이 다시 시작되었다.

푸드드드……ㄱ 푸드드드……ㄱ

새의 날갯짓 소리에 사내는 칼을 갈던 동작을 잠시 멈추었다. 그리고는 어둠의 한 구석, 새의 날갯짓이 다시 시작된 곳을 매서운 눈으로 쏘아보았다.

사내는 이제 이 승부의 마지막 장을 시작해도 좋을 때라 느꼈다.

일주일.

사내는 지난 일주일을 새와 함께 스스로 이 움막에 갇혔다.

동면에 드는 뱀이 자신의 무덤이 될지도 모를 구멍에 마지막 흙을 덮듯이 사내는 문에 못질을 했다. 그리고 지난 일주일 내내 칼만 갈았다.

사내는 자신이 정한 마지막 승부를 위해 더 뾰쪽하고 날카롭게 칼의 날을 세우며, 날이 서가는 만큼씩의 증오도 함께 벼려 갔다.

새가 단 한 번의 힘찬 날갯짓으로 이 움막과 사내로부터 벗어나 날기를 익힐 동안, 사내는 오직 칼만을 갈았다.

잭슨 브라운이라고 했든가, 아니면 칼 잭슨이라고 했든가.

사내는 녀석의 이름을 정확히 기억해낼 수가 없었다. 사내는 단 한 번의 부드러운 동작만으로 녀석과 녀석에게로 날아간 여자를 단칼에 없애기 위해 칼의 날을 세워왔건만, 사내에게 녀석은 안개 속 물보라처럼 잡힐 듯하다가 사라지곤 했다.

푸드득 푸득

새가 날갯짓을 다시 시작했다.

사내는 조심스럽게 두 손으로 칼의 날을 받쳐들었다. 그리고 손등에 가볍게 그어보았다. 매끄럽고 싸늘한 쾌감이 짜릿한 전율과 함께 손을 타고 온몸에 퍼져나갔다. 손등에는 날이 지나간 자국을 따라 작은 핏방울이 몽우리졌다.

푸드드득 푸드득 푸득

사내의 잰걸음에 불안감을 느낀 듯, 새는 조롱 안에서 날개를 치다가 조용해지는 동작을 반복했다.

사내는 땅거미가 서서히 산의 정체를 가리기 시작하는 시간쯤 되어서야 움막에 도착했다. 하지만 사내는 바로 안으로 들어가지 않고 천천히 주변을 돌아보았다. 지난번 왔을 때보다 상태가 더 안 좋아 보였지만 사내가 계획한 일을 실행하는 것에는 무리가 없을 듯싶었다.

움막은 야트막하게 꺼진 분지 형태로 산에 감싸여 있었다. 조롱 속의 새가 다시 울어대기 시작했으나, 새의 울음은 반향 대신 숲과 산과 어둠 속으로 흡수되어 버렸다. 숲은 언젠가 은밀하게 품고 있는 비밀의 소리 들을 한꺼번에 되돌려줄 휴화산과 같다고 생각하며, 사내는 그의 일을 시작했다. 송곳 한 뼘 정도 남은 밝음이 완전히 가시기 전에 마쳐야 할 일이 있기 때문이었다.

사내는 얼기설기 벌어진 움막의 틈을 새가 빠져나가지 못할 만큼씩만 막아나가기 시작했다. 새의 울음과 사내의 망치 소리가 묘한 대조를 이루며 이내 움막을 가득 채웠다.

움막의 모든 틈을 다 막은 후 사내는 조롱의 새를 풀어 주었다. 조롱 안 횃대에서 울고 있던 새는, 사내가 조롱의 문을 열자 고개를 좌우로 갸우뚱하며 목을 조금 웅크리는 시늉을 지어보이다가 날갯짓을 했다. 하지만 새의 비상은 사내가 생각한 것처럼 그렇게 힘찬 것이 못되었다. 새장을 벗어난 새는 힘찬 비상을 꿈꾸며 허공을 박찼으나, 새는 바닥으로 꼬꾸라졌다.

오랫동안 조롱에 갇혀 지낸 새는 날줄 모르는 새였다. 여자가 사내에게 데려오기 전부터, 아니 그보다 훨

썬 이전, 열대 원시림 속에서 새의 시조들이 행하던 멋진 비상과 하강, 태양을 향해 끝없이 날아갈 수 있는 억센 근육, 높은 하늘에서 멋지고 우아한 자태로 활강을 뽐내던 야성을, 새는 잃고 있었다. 인간이 허락한 수십 센티미터 안의 새는, 살아가는데 필요한 야생에서의 건전한 생명력을 잃어버리고 있었다.

날기를 잃어버린 새.

날줄 모르는 새.

사내는 바닥에 꼬꾸라져 허튼 날갯짓만 해대는 새를 한참이나 바라보았다. 생존의 욕구를 상실한 무용의 새를 지켜보는 것이 사내를 우울하게 했다. 좀 더 높이 날고, 좀 더 힘찬 날갯짓으로 사내를 벗어날 수 있는, 그런 넘치는 생명력에 활기에 찬 새이기를, 사내는 과거에 그의 여자가 그러했던 것처럼, 여자가 남긴 새의 조롱을 들고 이 움막에 오르며 생각했다. 사내는 새의 허튼 몸짓을 한참 바라보다가는, 새가 이카로스의 날개를 다는 것은 새의 몫이라 생각했다.

새에게서 눈길을 돌린 사내는 가방에서 숫돌을 꺼냈다. 서투르지만 조심스럽게 숫돌이 자신의 칼을 온전히 받아들일 수 있는 최상의 각도로 고정시키며, 사내는 이제부터 자신이 해야 할 일에 대해 생각했다.

숫돌에 물을 먹이며 사내는 진정한 한판의 승부를 위해서는, 새가 자신의 이카로스의 날개를 달고 태양을 향해 날아가려는 야성을 되찾는 것이 필요하다고 생각했다. 새가 날기를 다 익히고 마음껏 하늘을 날 수 있어야만, 사내는 비겁하지 않고 당당한 새와의 한판의 승부를 겨룰 수 있으리라. 사내만이 일방적으로 강한 힘을 가진 상태에서는 그가 행하고자 하는 승부는 아무런 의미가 없으리라. 사내는 새가 하루라도 빨리 자신보다 강한 힘을 갖게 되기를 바랐다.

새가 이카로스의 날개를 갖춰가는 동안 사내는 단 한 번에 새의 따뜻한 심장을 뚫을 수 있는 칼의 날을 세워야 한다. 그것이 사내가 움막을 찾아든 목적, 비겁하지 않는 깨끗한 한판의 승부를 위해서는 빈 것에서 같이 시작하는 것이 맞기 때문이다. 때문에 사내의 미움, 증오, 그리고 마지막 승부까지도 새롭게 갈고 다듬어야 하는 것이다.

공범연습

칼의 가는 것은, 사내의 품을 벗어나 잭슨 브라운에게 날아간 여자를 향한 복수의 날을 세우는 일은, 사내에게 쉬운 일이 아니었다. 충분히 물이 먹여진 숫돌은 윤을 내며 사내의 칼을 받을 준비를 하고 있었지만, 사내는 숫돌과 칼에 부드럽게 같은 힘을 줄 수가 없었다.

새장을 벗어나 하늘로 날아간 새를 잡기 위해서, 그 새가 다시 새장으로 돌아오기만을 넋을 놓고 무작정 기다리고 있을 수만은 없듯이, 잭슨 브라운에게 날아간 여자도 사내에게는 마찬가지였다. 이미 자신의 품을 떠난 여자를 사내가 다시 되찾을 수 있는 방법은, 여자가 다시 돌아오기를 기다리는 것 외에는 방법이 없지만, 여자는 결코 자신에게 돌아오지 않을 것이란 강한 암시를 받았다. 그런 절망은 사내에게, 가질 수 없다면 파괴해야 한다는 생각에 빠지게 만들었고, 사내는 그것을 실행하기 위해 움막을 찾아든 것이다.

처음 움막을 찾아오기로 작정했던 때와는 달리, 지금 사내는 여자에 대한 미움이나 가버린 것에 대한 분노만으로는, 사내가 작정하고 온 파괴를 위한 칼의 날을 세우는 것이 쉽지 않음을 알았다.

사내가 칼은 갈지도 못한 채 자신의 생각에 빠져 헤매는 동안, 새는 자신만의 이카로스의 날개를 잘 짜나 갔다. 자신의 품에서 아득히 날아가 버린 여자의 환영이 사내를 계속 괴롭혔다. 잭슨 브라운이란, 노랑머리의 품에서, 무릎 아래에서, 희희덕대며, 아니 사내가 환영에서 보는 것보다 훨씬 더 고혹적인 자세로 여자는 잭슨 브라운과 사랑을 나누며 사내를 깔보고 욕했다. 그런 여자를 떨치기 위해 사내는 거친 숨을 삼키거나 간헐적으로 소리를 질러댔다.

"잭슨 브라운."

사내가 녀석과 여자에 대한 증오와 분노의 감정을 삭이며 칼날을 세워나가는 속도보다, 새가 이카로스의 날개를 짜는 속도가 훨씬 빨랐다. 사내가 고독과 좌절 속에 괴로워하고 있는 동안에도 새는 부지런히 날기를 익혔다.

심한 좌절감과 잃어버린 여자에 대한 분노로 며칠 밤을 꼬박 새운 사내는 자신이 행하고자 하는 이 복수가 자신에게 무슨 의미가 있는가를 다시 생각했다.

새가 완전한 한 마리 새로서의 살아가기 위해서는

공범연습

자신의 날개를 자유자재로 움직이며 높고, 멀리 갈 수 있는 힘도 가져야 한다. 그러면 여자는, 자신의 품을 떠나간 여자는 사내에게 무엇이었을까 라는 의구심에, 다시 사내는 빠졌다. 그 순간 사내는 갈고 있던 칼을 잘못 놀렸으며, 여전히 무딘 칼이 깊게 사내의 약지를 파고들었다. 고통스러운 사내의 표정 위로 여자가 비웃으며 덮쳤다.

사내가 여자와 살게 된 것은 우연한 기회에, 순전히 장난삼아 시작되었다. 어느 날 사내는 몇 잔 마신 술기운에 용기를 얻어, 다소 과장된 너스레를 섞어가며, 여자에게 계약동거를 해보면 어떻겠냐고 떠보았다. 사내의 얘기에 여자가 처음 보인 반응은 알기 힘든 애매한 표정이었다. 사내의 계속된 설득과 미사여구 탓인지, 여자는 '안 돼'와 '어쩌면 재미있을 것'도 같은 사이를 왔다 갔다 했다. 사내는 여자와 헤어지며 그 문제를 다시 한번 다그쳤고, 여자는 그런 사내의 분위기만 맞춰주려는 듯 생각해보겠다는 답을 남기고 사라졌다.

다음날 사내는 예상 밖의 여자의 방문에 놀랐다. 사

내는 생각지도 못한 여자의 갑작스런 출현에 잠시 당황했으나, 피할 수 없는 사태라는 것을 생각이 들었다. 계약동거를 떠들며 같이 살아보면 어떻겠냐는 설레발을 떤 것은 사내, 자신이었기 때문이다. 하지만 그런 너스레가 없더라도 사내는 여자에 대해 '이 여자라면' 하는 생각을 갖고 있었기 때문에, 사내가 여자의 방문을 그냥 묵과하고 넘어가지는 않았을 것이었다. 좌우간 사내는 새 조롱 하나만 들고 나타난 여자를 자신의 가족으로 받아들이고 함께 지내게 되었다.

자신의 가족이 된 여자가 사내의 집에서 제일 먼저 한 일은 사내와 같이 지낼 방에 그림 한 점을 걸은 거였다. 정장을 한 신사 두 명과 앞을 쏘아보고 있는 전라의 여인과 조금 떨어져 몸을 씻고 있는 여인이 있는 그림은, 사내에게 기묘한 느낌을 주었다. 사내는 그 그림에 대해 여자에게 묻고 싶은 강한 충동이 일었으나, 기회를 보며 천천히 알아보리라고 자신의 욕구를 억눌렀다. 침실에 그림을 걸어두는 것이 여자의 취미라면 그것을 존중해주어야 한다는 생각에서였다. 사내는, 비록 일 년이란 조건이 붙어있는 것이라 하더라도, 앞으로 같이 지내야 할 시간들이 생각만큼 짧지도 않을 것이고 여자에게 처음부터 좀스런 모습은 보이고 싶지 않기도 했다.

사내와 여자와의 계약동거가, 시작은 이상했을지 몰라도 아무런 마찰 없이 잘 지나갔다. 적어도 사내가 표면적으로 느끼기에는. 여자는 신혼의 신부와도 같은 자상한 손길로 사내를 세세하게 챙겨주었고, 사내 역시도 여자의 그런 보살핌과 다정다감에 아주 만족해했다. 때문에 사내는 여자와의 생활이 기간이 정해져 있다는 것을 차츰 잊어갔고, 여자는 자신만을 위해 존재하는 것이라 믿었다.

종종 계약동거란 단어가 사내를 거슬리게도 했으나 사내는, 여자가 사내에게 보여주는 모든 몸짓이 만족스러운 시점에, 행여 여자에게 그것을 환기시켜 부스럼을 만드는 식의 우둔함을 범하고 싶지는 않았다. 그 대신에 사내는 이 계약동거가 끝나는 날에 정식으로, 물론 사내는 당시도 그들의 생활이 정상적인 것이라고 믿고 있었다. 그녀에게 청혼하리라는 나름대로의 복안을 세워놓고 있었다. 그리고 사내는 자신이 짜는 이 그림이 사내와 여자의 생활에 좀 더 자극적인 이벤트가 될 것이라 생각했다.

하지만 사내는 자신의 그런 생각이 얼마나 덜떨어지고 헛된 자기만의 착각이었는지를 이제야 알게 되었다. 무딘 칼날이 파고든 왼손 약지에서는 계속 피가 흘러나왔으나, 사내는 그것을 무시하고 계속 칼을 갈았다. 멋진 복수를 위한 자신의 칼이 제대로 날을 세우기도 전에, 사내는 이겨내지 못하는 증오감으로 인해 스스로 생채기를 내고 있는 것이다.

제법 세찬 새의 날갯짓 소리가 들려왔다. 새는 날갯짓으로 자신의 몸이 그렇게 가볍게 뜰 수 있다는 것을 알게 된 것이 신기해서인 듯 계속 날갯짓을 반복했다.

새의 날갯짓이 자신의 자유를 찾는 일이라면 사내의 칼갈이는 여자에 대한 환상과 미련을 떨쳐버리고 새롭게 일어서기 위한 디딤이 되어야 한다. 하지만 사내는 그러지 못하고 계속 스스로에게 묵은 질문만 던지고 있다.

공범연습

사내는, 이 방법으로 새의 숨통을 끊어 놓는 것이 과연 여자와 잭슨 브라운에 대한 기찬 복수가 될 수 있다는 것에 대한 확신을 가지지 못하고, 자기 기망과 합리화를 위해 이 방법을 택했다는 자책만 점점 무거워져 가고 있었다.

하지만 사내는 자신이 생각한 이 방법 외에는 전혀 다른 식의 복수는 불가능하다는 것을 알고 있다. 사내는 자신의 방법이, 사랑하기 때문에 이별한다는 유행가 가사마냥, 소유할 수 없다면 파괴할 수밖에 없다는 자신의 독선에서 비롯되고 있다는 것도 안다. 하지만 사내를 괴롭히고 있는 것은 여자의 증발이다. 거짓말처럼 감쪽같이 사라져 버린 여자를 사내는 아직도 잊지 못하고 있다.

사내가 이 움막을 올라오기로 결정한 전날에도 여자는 사내와 함께 있었다. 그리고 그날은 사내와 여자의 '계약동거'라는 불편한 수식어를 그들의 생활 속에서 완전히 떼어버리기로 되어 있는, 사내의 복안에 의하면 영원히 자신의 여자로 그녀를 소유할 수 있는 날이

기도 했다.

그날 아침도 여자는 언제나와 같이 가벼운 키스를 출근하는 사내에게 했다. 그리고 늘 그랬던 것처럼, 아직도 조금은 쑥스러운 표정으로 사내의 등에다 대고 '잘 다녀오라'는 인사말을 붙이는 것도 잊지 않았다. 사내는 그런 여자에게, 오늘 저녁 자신이 그리고자 하는 꿈에 대한 힌트를 조금이라도 줄까 하다가, 좀 더 극적인 분위기를 연출하기 위해 입을 다물고, '오늘은 일찍 올게'라는 인사로 자신의 저녁 계획을 대신했다.

퇴근길 사내는 여자를 기쁘게 하고 자신의 꿈을 완성시킬 소도구들인 장미 몇 송이와 케이크, 백포도주 등과 함께 집으로 돌아와 가볍게 벨을 눌렀다. 얼마를 기다렸으나 기척이 없어 사내가 다시 벨을 눌렀으나, 여전히 안으로부터 아무런 반응이 없었다. 사내와 동거한 이후 여자가 집을 비운 적이 한 번도 없었기 때문에 지금의 무반응은 사내를 매우 초조하게 만들었다.

사내는 서둘러 호주머니에서 열쇠꾸러미를 꺼냈다. 매우 오래간만에 사용하는 자신의 아파트 열쇠가 낯설게 느껴져, 사내는 서둘러 문을 열었다. 사내는 마치

서투른 아파트 낯털이마냥 불안하고 초조한 마음으로 문을 열었다. 여자가 오기 전까지 늘 해왔던 일이었지만, 사내가 아닌 여자의 일이 된 지 오래되었다.

사내는 여자의 이름을 크게 부르며 현관 스위치를 올렸다. 하지만 여자의 대답 대신, 밝은 형광 불빛에 놀란 새의 날갯짓 소리가 사내를 대신 맞이했다.

푸드드득 푸드득

사내는 뭔가가 바뀌어 있다는 것을 알았다. 여자가 들어올 때 바꾸었던 미색 커턴 대신 황량한 창이 그대로 드러나 있었다. 또한 그들의 침실을 지키고 있던 그림이 걸려있던 자리에는 액자만큼 누렇게 바랜 벽지가 그림을 대신하고 있었다. 그 밖의 것도 마찬가지였다. 사내가 여자를 기억해낼 수 있는 물건은 하나도 남김없이 사라지고 없었다. 사내는 오늘 밤의 꿈을 위해 준비해온 소도구들을 바닥에 내팽개쳤다.

여자가 남기고간 유일한 흔적은 현관 앞에서 울고 있는 새였다. 사내는 좀 더 이성적으로 지금의 상태를 생각해 보기로 했다. 아침에 사내가 집을 나설 때 여자의 행동거지는 평소와 똑같았다. 그리고 사내는 온종

버려진 혹은 잊혀진   123

일 사내만이 비밀로 간직해왔던 앞으로 여자와 보내게 될 들뜬 날들을 위한 장밋빛 인생을 준비했다. 그런데 여자가 사라져버렸다. 사내는 어디에서 매듭이 꼬인 것인지를 알 수가 없었으나, 여자를 다시 만나지 못할 것이란 불안한 느낌이 들었다.

쩩 째쩩 구르르

새가 다시 울기 시작했다

순간 사내는 자신이 여자에 대해 알고 있는 것이 아무것도 없다는 것을 알았다. 지난 일 년 동안, 그리고 그 이전에 몇 번의 만남이 있었음에도 불구하고, 사내는 여자와 관련된 어떤 것도 기억해 내지 못했다. 여자에 관해서든 혹은 여자의 친구에 관해서든 모두다. 사내는, 예상치 못했던 여자의 방문에 놀랐던 것처럼, 여자가 사라진 문을 열고 난 이후 자신이 여자의 아무것도 모르고 있다는 것에 당혹했다.

여자는 돌아오지 않을 것이다. 아니 여자는 나를 버린 것이다.

사내는 이렇게 단정지었다. 여자가 없어진 것이, 사내가 여자에 대해 모른다는 사실적인 인과관계 때문만은 아님은 분명했다. 만약 여자가 자신에 대한 사내의 무관심 때문에 떠나야 했다면, 구태여 오늘이 아니라도 사내를 떠날 시간은 많았기 때문이다. 이것은 앎이나 사랑에 관한 문제가 아니라고 사내는 생각했다. 만약 여자의 이런 식의 떠남이 사랑에서 시작된 것이라면, 사내는 오늘 아침 여자의 태도에서 뭔가 다른 낌새를 챘을 것이다. 그렇지 않다고 천만번쯤 물러서 생각하더라도, 남과 여의 만남의 대미를 장식하는 이별이나 원망 따위의 그런 흔한 편지라도 한 장쯤은 남아있어야 했을 것이다.

사내는 이런 상황을 전혀 예측하지 못한 자신의 무감각함에 화가 났다. 사내에게 있어 이것은 중대한 실수이고 생각하지도 못한 배신임에는 틀림이 없으나, 새 조롱을 들고 사내의 아파트에 들어온 여자에게는 이것은 처음부터 미리 예정되어 있었을지도 몰랐다.

어쩌면 계약결혼의 종착역에서 사내와 여자가 품고 있던 꿈이 서로 달랐는지도 모른다. 사내는 여자와 영원히 함께 할 아름다운 낙원을 가꿔왔지만, 여자에게 마지막 날은 새로운 꿈을 찾아 떠나는 시작의 날일 수도 있기 때문이다. 사내가 자신의 꿈을 감췄던 것처럼, 여자도 사내가 없는 그녀만의 꿈을 꾸었을 수도 있었다. 왜냐하면 여자가 사내에게 남긴 행동은 너무나 완벽하고 빈틈없는 것이었고 또 너무나 감쪽같이 자신의 흔적을 지워버렸기 때문이다.

사내는 최대한 자신이 기억하는 범위 내에서 여자가 갔을만한 곳을 찾아보려고 해 봤지만, 폭풍우 속에서 헤매고 있는 난파선 선장처럼, 사내에게 여자의 흔적은 암중모색이었다.

사내는 여자와 보냈던 시간과 기억과 그리움 때문에, 더 이상 소용없이 버려진 장미와 백포도주와 케이크 대신에 쓴 소주로 밤을 꼬박 새웠다. 처음에는 여자에 대한 그리움으로, 술이 오르면서부터는 가버린 것에 대한 아쉬움과 잊혀진 것에 대한 설움으로, 마지막은 여자의 완벽한 연극에 대한 미움과 구운몽에 빠졌다가 버림을 당한 사내의 독기와 증오와 분노로, 술을 마셨다. 그리고 사내는 새벽녘에야 한 이름을 기억해냈다.

"잭슨 브라운."

그 새벽녘 사내는, '잭슨 브라운'이란 이름을 입안에서 수없이 곱씹으며, 자신에게 있어 가장 비참하지만, 그로서는 인정하지 않을 수 없는 한 가지 결론을 내려야 했다.

사내가 잭슨 브라운의 얘기를 듣게 된 것은, 사내의 기억에 아직도 생생하게 남아있는, 여자와 처음으로 뜨겁고 격렬했던 관계를 가진 후, 담배에 불을 붙인 후 성냥불을 끌 때였다. 사그라지는 불빛 뒤로 사내의 눈에 벽에 걸려있는 액자가 들어왔다. 아직도 꼿꼿하게 서있는 여자 젖무덤의 꼭지를 지분거리며, 사내는 그림에 대해 물었다.

"천팔백육십삼 년 프랑스 낙선전에 전시되어 비평가로부터 세상의 온갖 욕이란 욕은 다 먹은 마네의 '풀밭 위의 점심'이에요. 엄청 욕을 먹었지만 첫날에만 무려 칠천 명의 관중이 이 그림을 보러 왔어요. 이 작품이 욕을 먹은 이유는 여러 가지가 있지만, 비너스 같은 여신이나 천사를 그리던 시대에, 살롱에서 볼 수 있는 실존의 인물을 모델로 사용한 것이, 평론가나 화단을 불편하게 만들었죠. 뿐만 아니라 정장을 입은 두 명의 신사와 천연덕스런 표정으로 빤히 당신을 바라보는 매혹적인 여인과 뒤에서 목욕을 하는 또 한 여인. 여자를 남성 성욕의 대상만으로 보지 않고 그린 것도 평단을 불편하게 만들었죠. 또한 마네는 부르주아로 위장하고 매춘을 즐기던 당시 선택받은 부르주아 사회도 비꼬고 있어요. 인상파의 탄생을 낳게 한 작품이기도 해요. 잭슨 브라운이란 친구가 준 선물이에요."

사내는 여자의 자세한 설명은 한 귀로 흘려들었으나, 선물로 그림을 줬다는 잭슨 브라운인가 하는 친구에 대해서는 관심이 갔다. 하지만 그날 사내는 마네나 잭슨 브라운에 대한 궁금증보다는 오래간만에 열정적으로 달아올랐던 사랑놀이의 여진에 좀 더 미련이 남아, 여자의 몸을 한 번 더 끌어당기는 것으로 잭슨 브라운을 버렸다.

사내는 새 담배에 불을 댕겼다. 그리고 사내는 분노의 대상이 여자에게서 점점 잭슨 브라운이라는 미지의 사내에게로 옮겨지고 있음을 알았다. 한 번도 마주친

적이 없는 잭슨 브라운을 사내는 또렷하게 그려내려고
했다.

'노랑머리에다 무시로 질겅질겅 껌을 씹어대는 근육
질로 저급 포르노에 나오는 변태성 기질을 보여주는
비곗덩어리.'

여자는 그런 녀석의 무릎을 베고 근육질이 마음에
들도록 큰소리로 내 욕을 하고 있을 것이라고 사내는
생각했다. 내가 변태의 근육질에 빠져드는 여자라는
것을 진작 알아차렸으면, 이렇게 혼자서 뒤통수 맞는
어수룩한 모습을 보이지 않았으리라. 하지만 최소한
여자가 함께 있으면서 사내에게 보인 모습은 그런 여
자가 아니었기에 사내는 심한 괴리감을 느꼈다.

죽 이 고 말 리 라.

사내는 그런 음모를 성공적으로 끝내고, 브라운과 함
께 그를 비웃으며 즐기고 있을, 자신의 뒤통수를 치고
날아가 버린 여자를 죽이리라 다짐했다. 하지만 악이
받치는 그런 다짐과는 달리, 사내는 이미 무력하게 뒷
전으로 밀려나 있는 자신을 발견했다. 사내가 죽이리
라고 맹세한 대상들은 이미 자신의 손을 빠져나갔다.

하지만 사내는 여자에 대해, 잭슨 브라운에 대해 가장 효과적이고 잔인한 방법으로 복수를 하리라는 생각을 굳혔다. 일장춘몽이나 미친개에게 물린 것으로 돌리기에는 여자에게 빠져있었던 사내의 자존심이 허락되지 않았다. 무엇보다 여자는 사내의 순수한 사랑을 희롱했다. 그리고 지금은 노랑머리 잭슨 브라운이 말초신경을 자극적으로 분탕을 할 때마다 주체하지 못하고 무한의 쾌락에 빠지며, 사내의 사랑을 낄낄대고 비웃으며 장난치기 아주 재미있었던 덜떨어진 사내였다고 농치고 있을지도 모를 일이다. 사내는 두 사람에게 완벽하게 복수하여 그들의 기만을 누르고 자신의 잃어버린 자존심을 되찾으리라 생각했다.

사내는 일어나 천천히 커튼이 사라진 창 쪽으로 갔다. 그리고는 아주 느리게 창을 열었다. 어둠이 지난밤 사내를 불면과 외로움과 배신감으로 시달리게 했던 어둠이, 여리게 미명을 파고드는 붉은 기운에 밀려 그 자리를 내주고 있었다. 어둠을 밀어내는 잿빛의 안개도 척후병처럼 조금씩 은밀하게 얼굴을 내밀고 있었다. 모든 일들이 소리없이 농밀한 어둠 속에서 사내와 상관없이 일어나고 있었다. 여자가 사내의 아파트를 빠져 나갔을 때처럼.

쩩째째쩩 쩩 째째째쩩

새의 울음소리가 들렸다. 순간 사내의 생각이 새에 멈췄다. 안개와도 같이 주도면밀하게 모든 흔적을 지워버린 여자가 새를 두고 갔다. 여자가 두고 갔는지 혹은 버리고 갔는지는 모르지만, 사내는 새를 남기고 간 이유를 도저히 짐작할 수 없었다.

여자가 처음 사내의 아파트에 나타났을 때 새 조롱 하나만 들고 왔던 것을 사내는 기억했다. 그뿐만 아니라 여자는 정성을 다해 새를 돌보았다. 그런 여자가 자기의 분신같이 아끼던 새를 두고 간 이유가 무엇인지 알 수 없었다.

새는 여자가 사내에게 주고 간 메시지임은 알 수 있겠으나 그 답은 풀 수 없었다. 데리고 가는 것이 부담 되었다면 베란다 창을 열고 새를 날려 보내는 단순한 행동만으로도 여자는 완벽하게 자신의 흔적을 감출 수 있었다. 하지만 여자는 그렇게 하지 않았다. 새에 대한 여자의 행동은 여자의 의도적인 태만으로밖에 볼 수 없었다. 때문에 새는 여자가 사내에게 두고 간 마지막 메시지임은 분명했다.

여자에게, 새도 사내와 함께 버리고 떠나야 하는 대상이었는지, 잭슨 브라운에게 빨리 가야 하는 애달픔 때문에 잊어버린 것인지 알 수 없다. 말도 못하고 급하게 어쩔 수 없이 떠나야 했지만 자신의 분신인 새를 남기고 가니 돌아올 때까지 기다리고 있어 달라는 뜻일지도 모른다고 생각해봤지만, 사내는 여자가 남긴 메시지를 알 수가 없었다. 하지만 사내는 후자일 가능성은 없다고 생각했다. 오히려 여자는 자신의 분신을 남기고 가니 어쩌다 내가 생각나면 이 새를 보며 마음이나 달래라는 식으로 사내를 조롱하며 자신의 떠남을 확실하게 못 박는 행동일 수도 있다고 생각했다. 그렇다면 새나 사내나 모두 여자에게 버려지거나 혹은 잊힌 사물일 뿐인 것이다. 하지만 사내는 소꿉놀이처럼 시작되었을지는 몰라도, 이런 식의 허무맹랑한 끝은 한 번도 생각해 본 적이 없었다.

사내의 여자와 잭슨 브라운에 대한 미움과 증오의

감정은 새에게로 넘어갔다. 여자의 완벽한 증발을 확인시켜 주는 새를 보는 것은 사내를 견딜 수 없게 만들었다. 사내는 새를 죽이리라. 단 한 번의 칼질로 새의 심장 가장 깊숙한 곳까지 찔러 자신을 떠난 여자에게 복수하리라 다짐했다.

여자가 의도적으로 버리고 간 이 새를 자신의 손으로 완전히 없애는 일이, 여자의 배신으로 사내가 받고 있는 상처를 없앨 수 있는 일이기 때문이다. 하지만 사내는 비좁은 조롱에 갇힌 새를 끄집어내 멱을 비틀어 새의 숨통을 끊어버리는 일은, 자신이 생각하는 여자의 배신에 대한 복수로는 아무런 가치가 없는 짓이라 생각했다.

사내는 여자가 자신의 날개를 활짝 펼친 채 날아간 것처럼, 최소한 새에게도 동일한 자유를 주고 난 후에 하는 복수가 의미있다고 생각했다. 하지만 사내는 아직도 잊지 못하는 많은 여자와의 기억이 남아있는 이 아파트는 그의 생각을 실행에 옮기기에는 부적합하게 느껴졌다.

좀 더 은밀하게, 좀 더 외진 곳에서, 사내와 여자, 사내와 새와의 정당한 대결을 벌여, 새의 심장에 사내의 칼을 꽂을 수 있어야, 여자가 사내에게 주고 간 것과 동일한 복수를 하는 것이라고 사내는 생각했다. 그런 생각의 끝에 사내는 이 움막을 기억해 냈고, 새와 함께 이곳에 갇혔던 것이다.

칼의 날을 벼리는 일은 사내의 심한 인내력을 요구하는 작업이었다. 날을 벼리기 위해서는, 칼의 각 면이 균등한 힘을 받게 밀고, 당길 때는 세운 날이 상하지 않게 힘을 빼는, 이론적으로는 비교적 단순하고 간단한 작업으로 보였으나, 사내는 그의 내부에서 끓어오르는 증오로 인해 칼을 가는 손에 균등한 힘을 줄 수가 없었다.

사내가 가는 칼이 숫돌 위를 매끄럽게 미끄러지기보다는 엇물려 헛나갈 때가 더 많았다. 하지만 그런 헛손질이 반복될 때마다 사내는, 자신의 증오심에 파랗게 빛나는 복수의 칼을 세우리라는 다짐을 반복했다. 칼을 가는 일에만 빠져들면 그의 증오심은 옅어져갔고, 증오심이 강하게 피어오르면 칼날은 숫돌 위에서 미끄러지곤 했다. 사내는 움막에서의 전반을 그렇게 보냈다.

하지만 새가 이카로스의 날개를 짜는 속도는 사내가 칼의 날을 세우는 속도보다 훨씬 빨랐다. 사내가 이율 배반에 빠져 고민하던 시간에, 날기를 다 배운 새는 자유롭게 움막 안을 날아다녔다. 새의 그런 자유로운 움직임을 보며 사내는 다시 심한 좌절감에 빠졌다.

처음 사내는 여자에게 복수하기 위해, 여자의 분신이었던 새와 승부를 걸었다. 하지만 지금은 자신의 손아귀를 벗어난 곳에서 자유롭게 놀고 있는 새를 보며 사내는 또 한 번 자신이 헛된 시간을 보내고 있음을 알았다. 칼의 날은, 여자나 잭슨 브라운에 대한 사내의 분노나 증오심으로 벼리는 것이 아니라 오직 새와의 승부만으로 벼려야 했다.

사내가 여자를 생각하면 새를 잊어버리고, 새를 생각하면 여자를 잊어버리는 일을 반복하는 사이, 새는 이미 이카로스의 날개를 단 오만한 승자가 되어 사내의 주변을 돌며 멋진 폼으로 선회하고 있었다.

사내는 새의 그런 비상에 초조한 마음도 들었으나

사내가 지니고 있는 복수와 증오가 무엇을 향한 것인지 알게 되었다. 여자와의 관계가 계약동거를 하고 싶다는 그의 얘기에서 시작되었듯이 새와의 승부, 이것도 잘못된 대상과 동기에서 기인하는 것일 수도 있으나 다시 질 수는 없는 일이다. 사내는 자신도 모르게 여자에게 한 수 접히고 들어갔던 이 승부에서, 새에게까지 진다는 것은 생각해보지 않았다. 하지만 사내가 그의 예리한 칼로 새의 심장을 노리기도 전에 사내는 이미 새에 대해서도 한 수 쳐지고 있다는 느낌을 받았다. 새는 벌써 자유자재로 움막 안을 돌아다니며 짧은 스타카토의 비수를, 아직 공격할 준비도 제대로 갖추지 못한 사내에게 던지고 있었다.

사내는 지금까지 움막에서 보낸 자신의 무의미한 시간들에 대해 분노하고 새의 자유로운 비상에 대해서는 우울해했다. 이제 사내에게는 여자나 잭슨 브라운에 대해 증오하는 일보다도, 새의 뜨거운 심장에 그의 칼날을 꽂음으로써 스타카토로 가볍게 던지고 있는 새의 공격을 없애고 더 이상 움막 밖으로 새의 노래가 퍼져나가지 않게 하는 일이 시급해졌다.

　　　　　　　　　　　　　　　　공범연습

사내는 재게 손을 놀리기 시작했다. 새가 그의 손아귀를 벗어나 태양을 향한 힘찬 날갯짓을 하기 전에, 새의 숨통을 끊어놓기 위해서는 사내는 자신의 일을 빨리 마쳐야만 했다. 사내가 움막에서의 후반 삼 일을 그렇게 새에 대한 복수심을 키우며 칼의 날을 세우는 일에만 몰두했다.

　사내는 이제 이 지루한 대치의 시간들을 종식하고 마지막 한판의 승부를 지어야 할 때가 되었음을 알았다. 지난 일주일 새도 사내도 아무런 것을 먹지 않았지만 사내의 머리는 오히려 명징해졌다. 새의 가장 부드러운 터럭으로 싸여있는 심장을 노리며 갈아온 사내의 칼은 푸른빛을 내며 날카롭게 서 있다. 사내가 칼을 가는 동안 노래로 비수를 던지며 사내를 공격하던 새와의 마지막 승부를 위한 칼이 독을 품고 있는 지금, 사내는 새가 크게 우는 것이 좋겠다는 생각을 했다.

　사내는 마지막 복수의 칼을 세웠다. 새에 대해, 여자에 대해, 그리고 마지막 잭슨 브라운에 대해.

　자리에서 몸을 일으키던 사내는 심한 현기증을 느끼

며 비틀거렸다. 복수를 향한 칼의 날이 곤추서고 드디어 승부를 가를 수 있다는 생각에 머리는 명쾌해졌으나 일주일을 물로만 버틴 사내의 기력은 그만큼 쇠약해져 있었다. 사내는 후들거리는 다리를 조심스럽게 가누며 새를 향해 몸을 돌렸다. 사내가 은빛을 먹은 칼을 들고 새와의 승부를 위해 서서히 다가갈 때, 새는 울음으로 사내를 받았다

짹짹 째째짹

(잭슨 브라운)

짹짹 째째짹

(잭슨 브라운)

사내는 새가 마지막으로 노랑머리를 부른다 생각했다.

그런 새의 울음은 사내에게는 여자를 불러냈다.

매끄럽고 부드러운 여자의 살갗. 경쾌하게 뛰고 있을 새의 심장.

칼이 새의 심장을 파고들 때 손을 타고 온몸으로 퍼질 아름다운 살기와 짜릿한 쾌감과 열기를 꿈꾸며, 사내는 새를 향한 발걸음을 빨리하기 시작했다.

아직 가지 않은 길

단단히 작정을 하고 세윤이 인옥을 만났지만, 시린 차가운 겨울 강바람이 부는 을씨년스런 한강 다리 위에서 둘은 아무런 얘기를 꺼내지 못하고 있다. 멀리 보이는 아파트촌의 불빛과 모래를 파내고 있는 준설선의 검은 동체가 어울리지 않는 한 쌍으로 서 있다. 네 번째 교각 위에서 느끼는 세윤의 감정은, 부조화 그림 속에 잘못 등장한 어릿광대가 앞선 차에 신경질적으로 눌러대는 운전자의 경적에 맞춰 지어야 하는 의미없는 몸짓처럼 허황하다.

"바람이 상당히 차군요."

네. 바람이 상당히 차요. 너무 추워 지금 세윤 씨가 지키고 있는 그런 침묵마냥, 꽁꽁 얼어버릴 것 같아요. 왜 내게 이런 숨막히는 고통을 주세요. 청춘 남녀가 이런 썰렁한 다리 위에서 만나야만 할 이유가 뭐죠. 날이 춥다고 말을 잃어버리는 것은 아닌데, 세윤 씨는 마치 날씨가 추워 얘기하지 못하고 그냥 서 있다고 하는 것 같군요.

"차에 탄 사람들이 우릴 보고 궁상떨고 있다고 킥킥대겠어요. 오늘은 같은 방향으로 걸어요."

맞다. 인옥의 말에는 하나도 틀림이 없다. 첫 번째 이 교각 위에서 보냈던 침묵 속의 시간이 얼마나 쓰라린 아픔이었던가는 세윤도 잘 알고 있다. 처음 네 번째 교각 위에서 만나 인옥과 아무런 얘기를 나누지 못했다. 세윤은 검은 강을 바라보고, 지나가는 차에 무심히 눈길도 주고, 또 저놈의 아파트는 왜 그렇게 자꾸만 하늘로 기어 올라가고 있는가를 생각할 때쯤, 둘이 돌아서서 각각 다른 방향으로 걸었던 일 년 전의 그날을 세윤은 또렷이 기억하고 있다.

그런데 세윤은 오늘도 그날과 똑같이 말을 하지 못하고 있다. 인옥도 세윤한테 강요를 당하기나 한 것처럼 똑같이 침묵하고 있다. 세윤도 좋아하는 사람과 좋은 얘기를 나누는 것이 얼마나 즐거운 축복인 줄 잘 알고 있다. 하지만 세윤이 안으로 잠근 벽은 그런 대화를 막고 있다.

앞서 걷기 시작한 인옥의 뒤를 따라 세윤도 쫓아가기 시작했다. 세윤이 이렇게 함께 같이 걸어 지금까지 두텁게 쌓이기만 하고 삭여내지 못한 감정들을 털어내고 잃어버린 시간들을 되돌릴 수 있다면, 언제 어떤 길이든 같이 걸어갈 수 있게 되리라 생각할 때, 인옥이 소리질렀다.

"이, 네 번째 교각에서 만나는 일은 정말 짜증나고 오기 싫은 자리예요. 하지만 같이 있고 싶어 왔지만 세윤 씨는 여전히 전과 같군요."

이놈의 바람은 왜 이렇게 사정없이 불어대는 걸까. 이런 젠장.

"아마 더 멀어지고 소원해졌다는 생각 때문일 것입니다. 그날을 기점으로 해서 말예요. 안데르센 동화에 주먹 하나로 시민을 구한 장한 고추아이가 나오죠. 그 주먹은 수천 톤의 수압으로 댐의 균열이 벌어져 무너지는 것을 막았죠. 어느 날 윤희 씨와 저 사이에 이런 균열이 생겨 조금씩 멀어지고 있는 거죠. 그날 일이 일방적인 저의 강요에 의해 일어났으니 제가 해결해야 하나 그렇지 못하고 있는 제 잘못이요."

세윤이 말하는 그 강요는 인옥은 물론 세윤에게도 큰 충격을 준 것은 사실이다. 그리고 오늘 두 번째의 번째 교각 위에서의 만남이 소 닭 보듯 데면데면한 것도 해결되지 못한 그 일의 앙금이 남아 있어서인 것이다.

"세윤 씨. 이젠 그날 일은 서로 잊어버려요. 아직도 전 이렇게 세윤 씨를 만나고 있잖아요. 누구 잘못이라 탓하기엔 지나간 일이고 우리는 지난 이 년을 그 일로 고민해왔잖아요. 전 이미 세윤 씨가 휴가를 나온 것도 알고 또 내일 귀대해야 한다는 것도 알고 있어요. 세윤 씨는 지난번에도 그랬으니까요. 오늘 제가 나오지 않았다면 우리는 그냥 스치고 지나가는 인연으로 끝날 것 같아 작정하고 나왔어요. 남은 시간은 함께 보내요.

저 할 얘기 참 많단 말예요."

다리를 검문하는 헌병들이 눈에 들어오고 그들은 나를 가만히 보내줄까 세윤은 생각했다. 그들에게는 멋진 애인과 데이트를 하는 내가 아니꼽게 보일 수 있으며 그래서 장난처럼 몇 마디 귀찮은 질문을 던질지도 모른다. 그러나 세윤의 짬밥은 그런 남자끼리의 얘기는 얼마든지 받아넘길 만큼의 연륜이 쌓였다. 그러나 인옥과의 일은 매우 힘든 문제이다.

아마 어떤 자들은 세윤을 병신 같은 녀석이라 말을 할지도 모른다. 군에 가기 전에 자기가 사랑하는 여자와 하룻밤을 보낸 것을 갖고 뭐 그리 고민하냐며 말이다. 그러나 그것은 술먹고 떠벌이는 농담으로만 넘길 수 없는 일이다.

세윤은 인옥의 말에

"인옥 씨는 여전히 저를 좋아하는군요. 어쩌면 인옥 씨 말처럼 나는 전혀 필요 없는 악몽을 꾸고 있는지도 모르겠군요. 그래요, 맛있는 곳에 가서 얘기해요."

마주 앉아 모두 털어놓으리라 세윤은 작정했다. 어차피 혼자서 풀 수 있는 문제가 아니라는 것은 알고 있다. 그러나 인옥의 처음 육 개월의 침묵과 그로인해 세윤의 마음에서 싹튼 싹은 아직도 세윤을 힘들게 하고 있는 아픔이었다. 처음에는 많은 사람들이 그렇게 해오고, 또 누구든지 마음만 먹으면 할 수 있는 일이라 여기며 자신을 합리화시켜 보려고도 했었다.

그러나 두 사람을 이어온 인간의 끈은 그런 것이 아니었다. 살아가면서 겪는 그렇고 그런 일 중의 하나로 치부할 수 없는, 늪에 빠진 세윤을 조여 오는 올가미와도 같았다. 세윤은 만나면 해주고 싶었던 말들을 점점 잃어갔다. 그리고 그 아픔은 본인이 짊어져야 할 사슬로 혼자서 견디기로 했다.

"양의 탈을 쓴 여우였죠. 사랑하고 믿던 세윤 씨가 그런 얼굴을 감추고 있었다는 것은 너무 큰 충격이었어요. 세윤 씨가 입대를 한 후 저는 아무것도 할 수 없었어요. 저를 추스르고 정리하는 시간이 필요했어요. 만나서 얘기를 나눌 수도 없는 상황이 저를 더욱 옭아매었죠. 왜 그렇게 허둥지둥 죄짓 듯하고 헤어져야 했을까? 미리 내게 왜 얘기하지 않았을까? 내가 안된다고 할까봐 지레 포기한 걸까? 세윤 씨는 나와의 만남이 행복하고 즐겁지 않은 거짓 사랑이었을까? 사랑으로 둘이 하나가 되는 일이 즐겁지 않고 숨어서 할 일이었을까? 쉽게 답이 구해지지 않는 이런 질문들로 멍하니 많은 시간을 보냈어야 했어요. 나의 일부를 내가 사랑하는 사람하고 나눠가졌다는 답을 얻기까지는 많은 시간이 필요했어요. 처음부터 이 얘기를 하려고 한 것은 아니었는데 너무 오랜만에 만난 세윤 씨가 굳어 있어서요."

경양식집에 앉자마자 인옥이 오랫동안 자신을 괴롭혔을 얘기를 했다. 세윤은 말로 못하는 숨겨진 인옥의 애증을 함께 들었다. 인옥의 얘기는 지난 이 년 동안의 군대 생활에서 그를 버티게 만들었던 악이나 깡보다 훨씬 독하게 세윤을 적셨다. 마음 깊은 곳에서부터 가득차 올라 그녀를 끓어오르게 만든 지나간 세월에 대한 분노였다.

"고마워요. 솔직한 얘기를 해줘서요. 인옥 씨 말처럼 앞으로 우리가 함께 할 즐거운 시간을 갖기 전에 우리는 서로에 대해 갖고 있는 묵은 감정들을 솔직하게 쏟아내어야지요. 오늘 우리가 그동안 마음에 품고 있던 아픔을 풀지 못한다면, 아마 우리는 좋았던 옛날로 돌아가지 못하고 섭섭하거나 묵은 미움의 말만 남은 사이가 될 수도 있을 겁니다. 오늘 다시 그 네 번째 교각에서 인옥 씨를 만나자고 연락할 때 결심을 했습니다. 그동안 못한 얘기를 모두 할 것이라고. 저도 네 번째 교각의 만남은 더 이상 하고 싶지 않아서요."

인옥은 서로 하고 싶은 말이 끝날 때까지 현재의 세윤은 잠시 지우기로 했다. 지금부터 인옥이 하는 얘기는 세윤에게가 아니라 자신에게 하는 것이라 다짐하며 담배를 하나 물었다.

세윤은 불을 붙여주며 자신이 인옥에게 너무 많은 아픔을 주었다고 느꼈다. 첫 휴가 때 만나 쓸쓸히 돌아서던 인옥의 모습이 겹쳤다. 서로 다른 길을 간다는 것은 세윤에 대한 확실한 거부의 표시였다. 육 개월 만에 받았던 인옥의 첫 편지에서 느꼈던 것과 같은 등골을 타고 내려오는 서늘함이었다. 사랑한다고 적혀 있었지만 세윤은 그것을 싸늘하게 돌아앉은 여자의 응어리진 원망으로 읽었다. 세윤은 인옥이 오랫동안의 고민에서 벗어나 깨알 같이 적어 보낸 사랑의 글이, 비수처럼 그의 마음에 새겨질 때 인옥의 모든 것을 잃어버렸다고 생각했다. 인옥을 사랑했고, 그래서 인옥과 하나가 되고 싶었으며, 찬 내무반에 누워서도 아파하고 그리워했던 인옥이 그날 송두리째 없어져버린 것이라고.

"사랑하지 않는 남녀도 섹스는 하죠. 때때로 그것은 이성을 억누르는 가면을 쓴 인격이 되기도 하죠. 우리는 서로 사랑했고, 서로가 가진 것을 함께 나눴는데 그것을 아파했던 내가 원망스러웠어요. 하지만 이런 원망을 이기기에는 시가도 필요하고 쉽지도 않았죠. 무엇보다 내가 그것을 받아들일만한 준비가 전혀 되어 있지 않았죠. 그래서 빨리 연락할 수 없었어요. 아마 높은 산에 올라가서 이 세상이 이렇게 넓구나 하는 것을 알기 위해서는 그 산을 오르기 위한 노력은 해야죠. 용기를 내서 편지를 쓰면 나를 사랑한다는 답장을 바로 받을 수 있을 줄 알았어요. 하지만 저의 그런 기대는 무참히 부서졌어요. 적어도 오늘 이 자리 전까지는 말예요. 제가 받은 답장은 첫 휴가에서 봤던 싸늘하게 식어 굳어져 있던 세윤 씨와 오늘의 피곤한 얼굴이었어요."

인옥은 울고 있었다. 흔들리는 그녀의 어깨를 보며
세윤도 같이 울었다. 한겨울 경계근무를 위해 두터운
파카로 온몸을 감싸고 있어도 끊임없이 파고드는 지오
피의 칼날 같은 바람보다 인옥의 애기는 더 매서웠다.

추위는 결코 한꺼번에 밀려드는 법이 없었다. 조금
씩 아주 조금씩 방아쇠를 걸고 있는 손가락에 파고들
었다. 참기 어려운 고문이었다. 처음은 온몸의 기력을
앗아가 버릴 만큼 차고 깊게 파고 들었다. 신병으로 야
간 경계에 투입되면 밀려오곤 하던 솥뚜껑보다 무겁게
눈꺼풀을 누르던 졸음보다도 더 견디기 힘들었다. 하
지만 세윤은 그 고문과 솥뚜껑을 침묵이라는 아픔으로
참을 수가 있었다.

인옥에게 담배를 권했다. 젖은 얼굴을 닦으며 받는
인옥의 손이 가볍게 떨었다. 그것은 지금까지 속에 웅
크려 있던 묵은 찌꺼기를 모두 털어내고 난 뒤의 허탈
감일 것이라 세윤은 생각했다.

서로가 갖고 있는 모든 애기를 모두 다할 수 있다면
그 나머지는 매우 간단해질 수 있을 것이다. 인옥을 풀
어주기 위해서는 내 마음속에 남아있는 모두를 말해줘

공범연습

야 한다고 생각하며 세윤은 얘기를 시작했다.

"여자가 새로 태어나는 것은 사랑에 눈을 뜨면서이죠. 이 땅의 남자들이 새로워지는 것은 사랑, 결혼 같은 달콤한 것보다는 삼 년의 군대생활을 먼저 거쳐야하죠. 이것은 한 사람의 완전한 남자가 되기 위한 대한민국식 성인식이라고 보면되죠. 하지만 나를 포함한 많은 남자들이 그것을 그렇게 쉽게 받아들이지 못하죠. 대부분의 남자들이 날짜가 적힌 영장을 받으면 많은 혼돈과 두려움에 빠지죠. 과연 잘 때우고 나올까 하는 걱정도 함께 하며 말이죠. 입영 전날 밤은 혼자 보내야겠다며 집을 나와 깎은 중머리로 인옥 씨를 만났을 땐 아무것도 생각할 수 없었죠. 누군가에게는 기억을 남기고 싶었어요. 그래서 내가 찾은 그 기억의 대상이 인옥 씨였죠. 하지만 그것은 처음 생각과는 달리 그때까지 쌓아왔던 둘의 탑을 단단하게 다지는 것이 아니라, 송두리째 뭉개지는 그런 슬픈 시간이 되어버렸죠."

세윤은 여기서 말을 끊었다. 인옥은 하나의 청사진을 보는 것마냥 세윤의 속을 그릴 수 있었다. 대한민국에서 군대는, 이성과 감정을 가진 모든 남자들에게 주어진 이탈할 수 없는 주어진 의무였다.

"처음은 말할 수 없이 힘들었지요. 똑같이 반복되는 생활을 이기기 위해서 되도록 많은 인옥 씨와의 기억을 끄집어내려고 했죠. 그 생활에서 좋은 기억의 되새김은 훌륭한 위안이 되죠. 그러면서 육체적 고난이 적응될 때쯤에 다른 괴로움이 생겼어요. 마지막 밤 보았던, 웅크리고 앉아 울고 있던 인옥 씨의 모습이 즐거웠던 모든 기억들을 밀어냈죠. 견딜 수 없는 압박이자 피할 수 있는 도피처를 찾을 수 없었죠. 결국 그 모습을 잊는 방법으로 찾은 것은 말을 하지 않는 것이라는 나름대로는 꽤나 고지식한 결론을 내렸죠."

옛 말에 열 번 재고 가위질하라고 했다. 인옥은 만약 세윤이 열 번을 생각하고 내린 결론이 말을 하지 않는 것이라면, 그것은 자신의 올가미를 만들어 목을 매는 작업과도 같았을 것이라고 생각했다. 어쩌면 그것은 인옥이 순결을 뺏겼다고 생각했던 순간부터 세윤에게 품었을지도 모르는, 세윤이 스스로 올가미로 동여매고 죽어가는 모습을 보고자 한 살인심리를, 세윤이 알아차렸을까 싶었다.

인옥의 눈에 들어온 경양식집은 고급스럽게 칸막이를 하고 있었다. 앞에 앉은 짧게 깎은 세윤의 머리에 붉은 조명이 걸린 것을 보니 온몸의 모공이 삐쭉 서는 전율이 밀려왔다. 중머리의 세윤이 더럽고 피해야 할 속물이 아니라는 생각에서였다. 저런 상태에서의 인간은 모두가 자신들을 받아들이고 포용해주기를 바라는 마음을 갖기를 원할 것이니까.

"저 담배 피우는 것 보고 놀랐어요? 그랬어요. 세윤 씨와 떨어져 지내는 동안 이런 시답잖은 것도 배웠어요. 하지만 마음이 착잡하고 안정을 찾지 못할 때는 종종 도움이 되죠. 첫 번째 다리에서 헤어진 후 한참을 고민하다가 면회를 가야겠다고 생각했어요. 길이 상당히 험하더군요. 하지만 막상 위병소가 눈에 들어오자 괜히 왔다는 후회와 함께 노곤함이 확 밀려오더군요. 침착해지자고, 좀 안정을 찾기 위해 걷던 그 자리에 주저앉았어요. 매서운 겨울바람도 멀리 보이는 위병들도 하나도 느껴지지 않았어요. 하지만 한참을 주저앉아 있다가 위병소는 가지 않고 돌아섰어요. 차가 끊긴 전

방 부대의 여인숙의 좁고 퀴퀴한 골방에서 뜬눈으로 밤을 새우고 나올 땐 흰 눈이 날리고 있었어요. 언제나 눈같이 마음이 희고 순수해진다면 다시 찾아오리라 작정했죠. 하지만 내가 생각하던 마음의 평안은 수많은 모래 속에 잃어버린, 제가 갖고 있던 단 하나의 모래와도 같았어요. 도저히 찾을 수가 없었어요. 하지만 이제는 제가 간직하고 있었던 얘기를 더 이상 할 필요가 없겠죠. 그 새벽에 내리던 흰 눈과 같이 세윤 씨가 제 앞에 앉아 있으니까요."

뿌옇게 내려앉아 있던 새벽안개가 걷히며, 숨어있던 그림자가 모습을 드러내고 있는 것이라 세윤은 생각했다. 그리고 그의 눈앞에 확실히 모습을 드러낸 그림자는 두려워해야 할 적은 아니었다. 인옥은 분명 참한 여자라 단정지었다. 비록 예기치 못한 한순간의 아픔을 지니고 있을지라도 그 아픔을 승화시키기 위해 노력하는 아름다운 여자이다.

세윤은 위병소 앞 황량한 벌판에서 인옥이 추위도 모른 채 혼자서 울었을 줄은 전혀 상상하지 못했다. 오늘 인옥에게 연락하지 않고 그냥 귀대했더라면, 인옥이 언제까지 그 황량한 벌판을 헤맬지는 알 수 없는 일이었다. 그리고 조그마한 돌파구가 찾아진 것 같아 다시 위병소를 찾더라도, 인옥은 또 돌아설 것이 분명해 보였다. 그래서 세윤과 인옥의 거리감은 점점 멀어져, 도저히 넘을 수 없는 장벽으로 남게 될 지도 모를 일이었다.

"말을 잃어버린 뒤 가장 괴로운 것은 아무것도 생각할 수 없게 된 것이었죠."

세윤은 단숨에 맥주를 한 잔 들이켰다.

"제일 먼저 생각해낸 것이 그 상황을 벗어나고 싶다는 것이었죠. 탈영. 그것이 나를 학대하는 가장 좋은 방법이라 생각되었지만, 그 일을 저지르기에는 너무나 잘 길들여진 에프엠의 남자였어요. 그로 인해 일어날 여러 가지 불편한 상황들을 해결하기에는 저와 연관된 많은 인연들이 그것을 하지 못하게 막았죠. 종종 뉴스에 본 탈영병은 죽는다는 것도 두렵게 느껴졌고요. 그 다음으로 생각해낸 것이 몸으로 때우자는 것이었죠. 철책 말뚝을 지원했죠. 생각할 시간 없이 야간 근무와 훈련이 힘들기는 했으나 그것은 감당할 만했죠."

세윤은 인옥의 얼굴을 찬찬히 살펴보았다. 오늘 세윤과 인옥은 그동안 가슴속에 굳게 닫고 있던 문을 모두 열었다. 둘의 얘기는 지난 시간 동안 하지 못하고 안으로만 삭혀왔던 울분일 수도 있다. 그리면서 둘은 옛날의 관계로 돌아가고 싶어 하지만 이전과 똑같지 않을지도 모른다.

말을 마친 세윤이 후줄근하게 녹아내린 해면처럼 보였다.

남은 것은 인옥이 풀어야 할 마지막 아픔이다. 그것을 이기기 위해서는 인옥은 세윤을 한 남자, 자신은 세윤이 잘 모르는 여자 인옥으로 돌아가야 한다. 하지만 여기에서 꺼내기는 힘든 말이다. 세윤에게 새로운 생기를 불어넣어주고, 그리고 그가 한 사람의 남자로 돌아갔을 때 인옥은 그 아픔을 말할 것이다.

"세윤 씨, 옛날에 하던 성냥개비 점 좀 쳐볼까요. 오늘은 그 다리를 건널 수 있다면 축복받는 날이 될 거 같아요."

성냥개비 머리의 두 개 유황을 맞대고 불을 붙여 성냥개비가 하나로 붙으면, 그날은 둘이서 술을 마시기로 약속했던 이전에 했던 사랑놀이의 하나였다. 그 놀이는 세윤이나 인옥이 모두가 서로 은근한 기대를 갖고 했던 둘의 마음을 모으는 장난이었다.

세윤은 서로가 갖고 있던 가슴속에 숨겨 놓았던 얘기를 다하고 난 지금, 예전에 좋아했던 놀이를 해보는 것도 나쁘지 않을 것 같았다. 순수한 증류수를 만들기 위해서는 여과지를 통해 찌끼를 걸러내고 그 물을 다시 가열해서 그 증기를 모아야 하듯이, 서로의 아픔을 토해내고 난 뒤에 하는 옛날의 놀이는 비 온 뒤의 청순함마냥 상쾌해질 수 있다고 생각되었다.

두 개의 유황이 머리를 맞댄 채 세윤 앞에 내밀어졌다. 수없이 많이 하고 싶었던 그 말들보다도 강렬하게 다가오는 언어다. 부둥켜안고 울고 싶었던 그 많은 생각들보다도 더 명징한 사랑의 행동이다.

불을 붙였다. 아스라이 타오르던 불이 주위를 밝혔지만, 금세 꺼졌다. 기대를 잔뜩 갖고 한 그들의 시도가 부질없는 사랑놀이가 되고 말았다. 세윤은

"오래간만에 하니까 이것도 안되네요. 아마 내가 너무 굳어서 그랬을 거야."

'아녜요. 세윤 씨 때문은 아니에요. 아직 하지 못한 얘기가 남은 저 때문일 거예요. 여기서 얘기하기는 너무 힘들어요. 나가요. 나가서 모두 얘기해 드릴게요'

인옥이 먼저 일어섰다. 세윤은 잠시 당황한 표정으로 인옥을 보다가 이내 따라 나갔다. 먼저 나온 인옥이 차를 잡아놓고 있었다. 게딱지처럼 납작하게 엎드려 있는 차 앞에서 인옥은 웃었는데, 웃음은 쓸쓸하다고 세윤은 생각했다.

차는 고가도로를 타고 휑하니 내뺐다. 고가도로 위에서 일 년 만에 내려다보는 서울의 거리는 죽어있었다. 뎅그렇게 버려지거나, 혹은 서로 맞대고 서있는 건물들만이 매서운 북서 계절풍을 맞으며 마른 불을 밝히고 있었다. 유리창에 서린 김 때문에 그 불빛마저 둘로, 셋으로 뿌옇게 갈라져 보였다.

긴 겨울밤이 낮은 하늘에 짧게 드리우고 있었다.

둘은 학교 앞에 내렸다. 오래간만에 교정을 밟으며 세윤은 인옥을 감쌌다.

그녀와 만난 곳도 이 길이었다. 도서관에서 교문까지의 긴 길을 타박타박 걸어내려 가던 어느 날, 인옥의

공범연습

뒤로 한 무리의 학생들이 쫓아왔고 그중의 하나인 세윤이 인옥에게 와서 다짜고짜 팔짱을 끼고는 얘기를 떠들어댔다. 그때 세윤은 인옥의 얘기를 막고 자신도 이 길을 당신처럼 타박타박 걸어 다닌다며 앞으로 같이 걷고 싶다고 했다.

한 건물의 뒤를 돌아 뒷문으로 빠지는 길목에 둘은 앉았다. 겨울바람에 나무들이 싱싱 울고 있었고 잔가지들은 후두둑 몸을 떨고 있었다. 잔뜩 찌푸린 하늘에 별은 보이지 않았다.

담배를 문 세윤에게 인옥이 얘기를 꺼냈다.

"어떤 사람을 만났어요."

추위 때문인지 인옥이 몸을 떨기에 세윤은 파카를 벗어 걸쳐주었다. 이것은 사랑의 문제가 아니다. 남자친구들이 군대를 간 여자들이 고무신을 언제 거꾸로 신을까는 항상 연구대상이지만, 지금 인옥은 그것을 얘기하려는 것은 아닐 것이라는 직감에 세윤은 기다렸다.

"일부러 입대를 기다리는 남자를 만났어요. 그를 통해 확인해보고 싶은 것이 있었어요. 범죄자가 자신이 저지른 사고의 현장에 다시 가보고 싶어 하듯이 말예요. 입영 전날 세윤 씨가 남긴 추억. 추억이 아니면 상처겠지만 어쨌든 그것이 어떻게 이해해야 할지를 알고 싶었던 거예요. 그 친구와도 세윤 씨처럼 입영 전날 함께 했어요."

인옥은 얘기를 하면서, 경양식집을 나올 때와는 달리 좀 더 뚜렷하게 자신이 해야 할 얘기가 떠오르며, 얘기를 할수록 머리가 정리되고 맑아지는 것을 느꼈다. 이제는 자신이 돌아설 때가 아닌 세윤이 돌아설 때라 생각했다. 만약에 세윤이 화를 내고 일어선다면 그것으로 모든 것이 끝나겠지만, 그래도 할 얘기는 다하리라 생각했다. 더 이상은 그 황량한 벌판을 헤맬 자신이 없기 때문이다.

"그때는 단지 하룻밤을 그 애와 보냈다는 생각밖에 아무런 것도 없었어요. 그래서 면회를 갔지만 만나지 않고 돌아서고 말았죠."

짧은 얘기였지만 세윤은 들고 있는 담배의 필터가 타들어가고 있는 것을 못 느꼈다. 인옥이 세윤에게 하고 있는 얘기는 어떤 남자와 어떤 여자의 얘기가 아니었다. 인옥은 세윤에게 서로가 믿고 알고 있어야 할 확신과 사랑을 얘기하고 있었다. 세윤이 한 번의 아픔 끝에 탈영에 대한 환상을 그렸듯이, 인옥은 확인을 위해 관객도 배우도 대사도 없는 철저한 자신과의 무언극을 펼친 것이다.

"이젠 어떻게 하죠?"

묻는 인옥의 음성이 가늘게 떨렸다. 세윤은 인옥이 불확실한 어떤 남자와의 관계에 대한 것이 아니라 내가 침묵을 끝내고 자신을 안아줄 것인지를 묻는 것이라고 알았다. 인옥이 담배를 배운 것과 자신을 용서하고 받아준 것은 같은 때였을 것이라는 걸. 그리고 그녀의 슬픔을 내게 얘기함으로써 서로의 기다림과 아픔을 이제는 묻어버리자는 것도.

세윤은 떨며 앉아 있는 인옥을 일으켜 세워 같이 걷고 싶어 했던 길을 걸어가기 시작했다. 둘의 뒤로 흰 눈이 내리기 시작했다.

백합은 향기로 남는다

　창백하게 비추고 있는 조명등 아래에서 마취사들은 키득거리고 있다. 굵은 올의 푸른색 제복은 슬픔을 자아내고 있다. 심연의 깊은 늪으로 의식이 빠져들고 있다. 입안을 맴돌던 끈적끈적했던 피마자기름은 욱한 기분을 만들어낸다. 이미 자유를 잃고 버려져 있는 왼팔로 링거액이 파고들고 있다. 죽음에 이력이 나 버린 마취사는 흥미롭다는 듯이 지껄여댄다.

　"마, 여기선 내가 왕이여, 너 퇴원하면 나 찾아올 거야 안 올 거야."

"글쎄요, 제가 죽지 않는다는 보장이 있다면 찾아오죠."

"마, 그건 우리 손에 달렸다니까. 오징어 사다 주면 살려주지."

결국 죽는다는 것이 오징어 한 마리만큼의 가치조차 없다. 마취사들의 마음에 있는 것은 내가 아니라 오징어이니까 말이야.

똑똑 떨어지는 링거액을 더 이상 볼 수가 없다. 그네들이 나를 막고 선다. 관을 타고 들어오는 또 하나의 다른 액체는 뒷골을 댕기는 묵직한 충격을 주며 나를 잡아먹으러 달려든다.

하나, 둘, 셋, 넷……

하나, 두울, 세에엣, 네에에……

마지막으로 본 빵떡모자는 가라앉은 수술실 분위기에 어울리지 않았다.

"하루에 맥주를 두 병씩만 마시면 좋아질 수도 있습니다."

안경을 끼고 깡마른 의사는 병을 고치러 간 내게 술

공범연습

을 마실 것을 강요하고 있었다. 나는 병원의 흰 벽 속에서 갇히는 미아가 되어가고 있다는 착각에 빠졌다. 맥주를 권하는 의사의 매끈한 턱은 내게 호감을 주는 것이 아니라 위협을 하기 위한 수단처럼 보였다. 현대의 의사들은 단순히 직업으로 분화된 한 사람의 기능공으로 환자를 다루는, 인사하는 예의도 모르는 무식쟁이었다.

그날 처음으로 톡 쏘는 술을 먹어 보았다. 얼굴이 붉어질수록 주변의 모든 것이 함께 굴러다녔다. 술잔도, 탁자도, 안주도, 다른 테이블의 고주도, 주모도. 모두가 중심을 잡지 못하고 굴러다녔다. 내 발밑에서 하나로 되어 뱅뱅 돌아다녔다. 나도 웃고 있었고 밖의 불빛들도 웃고 있었다. 나를 포함한 모두가 도매금에 뭉텅넘어간 바보 같았다.

바보. 바보, 바보.

깔깔깔.

마른하늘을 타고 있었다. 곡마단에서 재주부리는 곰처럼, 모든 게 신기로웠다. 동전이 까딱까딱 뛰고 있었다. 높이, 높이, 그리곤 멀리 가버렸다. 희열과 쾌감을 가지고 숨어 피우던 담배 친구를 만났다. 짧은 치마의 여인이 뒤뚱거리며 지나갔다. 푹푹 찌는 여름이 아름답게 보이고 있었다. 질주하는 차바퀴 밑에서의 안락사도 좋을 것 같았다. 숨이 차서 할딱거렸다. 남산은 서울의 전부를 보듬고 있었다. 큰 나무들이 오라는 손짓을 하고 있었다. 살아가는 모든 것들은 바삐 움직이고 있었다. 담배 친구도 허허 웃으며 가버렸다. 아낌없이 세상을 버린 형도 웃고 있었다. 하지만 친구가 떠난 곳에선 아무런 흔적도 녀석의 껍질도 찾을 수가 없었다. 톡 쏘는 술이 보여주는 영상들이 살아있는 것 같아서 붉은 얼굴을 한 채 밤거리를 싸돌아 다녔다.

쌉쌀한 것이 입안을 맴돌고 있다. 라디오의 스위치를 올리고 대상없이 떠드는 소리를 듣고자 한다. 창밖에 복숭아가 탐스럽게 익어가고 있다. 병원의 죽은 시계는 언제나 똑같은 시간을 가리키며 여름을 타고 있다. 병실 맞은편 붉은 일본식 구식 건물이 파란 하늘과 맞대고 서 있다. 열린 병실 문을 통해 들려오는 간호사들의 웃음소리. 엄숙한 채 가장해서 들어오는 하루 세

번의 시간을 제하곤 그들은 늘 즐거워하고 있다.

"식사 잘하세요. 수술 전에는 많이 먹어 둬야 하거든요."

병실을 나가면서 얘기한 그녀의 당부가 귓전을 맴돌고 있다. 여름을 타는 사랑병을 생각한다. 짧은 한마디를 툭 던지고 사라지길 잘하는 그녀를 어리석게도 병상에 누워서 기억해 낸다. 다람쥐 쳇바퀴 도는 듯한 우리 사이를 순환적 사랑이라 정의를 내린 그녀와의 만남은 계속되었다. 적어도 이런 좁은 방에 갇혀 온몸을 맡겨 버리기 전까진 말이다.

추운 겨울 속에서 거닐던 그녀가 나의 생각 속으로 스며든다.

"이렇게 만나는 것. 이렇게 걷는 것. 짧은 순간의 쾌락인 걸."

무엇을 해야 할지 모르는 자들의 만남은 사람을 얼뜨게 만들어 행동이 부자유스러워진다. 사랑하고 싶다는 것. 그리고 떠나야만 한다는 것. 환하게 웃고 있는 꽃을 한아름 안고 그녀가 나타나는 꿈을 꾸어 본다. 미소를 살짝 지어 보이고는 바로 다물어진 그녀의 입.

"이렇게 예고 없이 왔다가는 것도 살아가는 방법인 걸요."

이마의 땀방울을 닦으며 총총히 사라져 버린 그녀를 잊기 위해 언제나 시무룩하게 다니는 인턴을 그린다. 관장을 포함하여 이 병동의 궂은일을 도맡아서 하는 그는 늘 잠을 못 잔다고 신경질적이다.

식사를 알리는 딸랑이는 종소리를 들으며 되도록 심각한 표정을 지으면서 질질 신발을 끌고 병실 밖으로 나가 식사를 받아 온다. 국 따로 밥 따로 반찬 따로. 병실 환자들은 그렇게 자기 몫을 받자마자 자신만의 조그만 공간 속으로 무섭게 쏙쏙 들어가 완고한 자신만의 성을 쌓고 있다. 금송아지를 숨겨 두어서인지 아니면 부끄러운 곳에서 살아가고 있는 자신 같은 환자들을 보기 싫어서인지, 꼭꼭 게딱지 같은 병상으로 피해 버린다. 똑같은 구조의 침대가 나란히 널려 있는 조그만 자신의 병상 위에서 어서 이곳을 벗어나게 해 달라는 기도를 올리고 있는 건지 알 수 없다.

고개를 빼꼼 내밀어 병실 전체를 훔쳐보다 들어오는 친구의 얼굴에 땀이 송송 배어 있다. 죽어 가고 있는

공범연습

인간을 보러 온 것인지, 아니면 죽어 가는 예행연습을 하러 온 것인지, 한 바퀴 병실 안을 둘러보곤

"야! 너 아주 호강하고 있구나. 쉽게 갈 수 없겠어. 명당자리 하나 부탁하러 왔는데 소용없게 됐는걸."

그리곤 킥킥댄다. 같이 허허 하는 걸 보니 말대로 편한 모양이다. 쪼그리고 앉아서도 죽지 못해 머리를 굽히고 떠는 애들에게 동전을 주라고 부탁한다. 녀석은 가방에서 술을 꺼내 홀짝 댄다. 강렬한 욕구를 느낀다. 녀석은 자신의 생을 아주 힘차고 자신있게 살아가고 있다. 항상 여유만만한 행동에선 다른 사람들에게는 느껴 보지 못한 것들을 많이 알 수가 있는 것이다.

"내일 모레가 수술이지. 마 젊은 자식이 수술은 왜 하냐. 눈 딱 감고 질끈 째고 소주 한잔 마시면 될 걸 말이야 ㅎㅎ. 하지만 이렇게 사치스럽게 누워 있으니까 술은 달라고 하지 마라. 네 껀 아예 가져 오지도 않았으니깐 말야."

간호사가 들어와도 녀석은 전혀 개의하지 않는다.

"아이 병실에서 이러심 어떡해요. 환자 몸에 나쁘단 말예요."

톡 쏘아 붙이는 간호사에게

"괜찮아. 얘는 내가 잘 알아. 어차피 이놈은 수술하지 않는다면 매일 술독에 빠져야 될 놈이었거든. 다음에 또 이런 것이 생기면 술로 때우라고 지금부터 준비시키는 거지 뭘."

간호사는 그런 친구를 한번 쏘아보곤 혈압과 열을 재기 시작한다. 겨드랑이 밑에 꽂혀져 있는 체온계를 뽑아 들곤 정상이라고 적고는 허공에 대고 몇 번 가볍게 뿌린다. 반소매 아래로 하얀 살결이 드러나 있는 간호사에게서 여름을 타고 있을 그녀를 느낀다. 혈압계를 챙긴 간호사는 가볍게 폴랑 일어서더니

"조금 있으면 옆 침대의 환자가 들어오실 거예요."

그리곤 다시 친구 놈과 나를 번갈아 가며 한번 쏘아보곤 나간다. 아주 가벼운 사뿐한 걸음으로 사라진 간호사는 몰래 끼리끼리 앉아 우리 얘기를 하겠지.

"얘, 얘. 신장 수술 환자 방에 친구가 면회 시간이 아닌데 찾아왔는데, 글쎄 병실에서 술을 마시고 있지 뭐니. 아무리 뭐라해도 어떻게 병실에서 술을 먹을 수 있니 얘. 아 그래서 한마디 했지. 이게 뭐하는 일이냐고

말이야. 그랬더니 그 작자가 뭐라 그런 줄 아니. 환자
에게 술 먹이는 예행연습을 시키기 위해서 먹고 있다
고 하지 않니 얘. 그러면서도 얼굴색 하나 변하질 않더
라."

그리고 까르르.

아마 간호사들도 삼부제로 나누어져 하루에 여덟 시
간 이상을 언제 죽을지 모르는 환자거나, 혹은 자신에
게 화만 내는 환자들을 보다가, 조금 삐딱해 보이는 건
강한 사람을 만난 것은 예상치 못한 새로운 즐거움일
수도 있는 일이다.

관장을 하기 위해 인턴이 들어온다. 그는 오늘도 피
곤한 표정이다. 예비 의사 시절부터 죽음에 대한 두려
움을 떨쳐 버리지 못하고 있는 그는 언제까지나 졸리
고 피곤한 표정을 지을 것같이 생각된다. 나랑 같이 있
는 이 병동의 환자는 몸이나 정신이나 모두 힘든 사람
들이다. 어쩌면 이 병동 환자 모두가 가난한지도 모른
다. 그래서 싼 육 인실에 있다는 것이 부끄러워 꼭꼭
숨어 지내는지도 모른다. 가난한 환자들이 잘 숨어 있

도록 낮은 환자나 보호자들이 예측하지 못하게 사라지며 밤을 밀어 보낸다.

엉덩이를 깐 후 인턴은 뱃속 이물질을 제거하기 위해 피마자기름을 넣고 있다. 우리 병실 환자들은 그 누구도 서로를 동정해 주지 않는다. 대신 멀리서 바라볼 뿐이다. 모두가 같은 처지에 있기 때문에. 나약하지만 선량하게 살아가고 있는 이들이기에 대들지도 못한다. 팥으로 메주를 쑨다고 해도 믿어 버릴 자들. 이네들에게는 고향이 없다. 하루하루 입에 풀칠하기에 바쁜 샐러리맨들의 가족이기에.

인턴이 삼십 분 안으로는 절대로 화장실에 가지 말라고 당부하곤 사라진다. 욕을 하고 싶은 강렬한 충동.

"마, 화장실이 아니라 뒷간이다, 뒷간. 우리네는 각목 두 개에 거적때기가 둘러쳐진 곳에서 일을 본단 말야. 하지만 치질 걱정 같은 것은 해본 적이 없단 말야. 알겠어, 임마. 알겠어."

서러워지고 있는 모양이다. 불공평한 굴레에서 살아가고 있어서. 아니면 강해지지 못하고 있는 자신을 숨기기 위해서인지도 모른다.

위령잔치.

태연하게 둘러서서 시체에 대고 매스 질을 하기 시작했다. 역한 포르말린 냄새가 몸에 배어든다. 살아가기 위해, 죽어서 헤매고 있는 영혼에 대고 칼질을 한다. 어쩌면 살아있는 자들의 좀 더 많은 평안을 얻기 위해서, 어떤 한 인간의 죽음 앞에 성실해지지 못하고 있는 그들은, 언제일지 모르는 자신의 죽음을 두고 해부를 시작하는 것인지도 모르는 일이다.

산을 타다가 형이랑 별을 본다. 자신있게 살아가지 못하는 자들은 모두 죽은 자라고 하던 형. 하지만 그런 형도 세상을 버린 것을 보면, 살아있는 자가 자신있는 자인지는 모를 일이다. 모든 자들을 사랑할 줄 아는 용기를 가지라 한다. 어떻게 살아가는 것이 사랑하고, 사랑받는 삶인지, 깊은 사랑, 얕게 살아가는 자들.

별이 온 하늘을 덮고 있다. 이름지어 타박네란다. 걸치는 것 하나 없이 나 태어났던 고향, 어머님을 찾는다. 단 한 번 사랑하고 싶었던 분.

"별이 너무 많다. 그래서 꿈이 많은 모양이다."

"형아, 맞아. 그래서 우리는 이렇게 외롭게 살아가고 있는 모양이지."

"여기가 고향이라면 좋을 것 같은데. 꿈같은 것 말야."

"고향이랑 꿈은 다른 걸. 우리는 항상 많은 것들을 꿈꾸며 살아가잖아. 엄마 같이 말야."

"엄마도 죽은 걸. 이렇게 좋은 밤, 별이 총총 박힌 밤에 말이야."

"우리가 엄마를 사랑하지 않았던 모양이야, 형아!"

"그런지도 모르지."

......

......

"별이 많은 걸."

그리고선 낯선 곳에서 고향처럼 잠을 잔다. 어머님 날 낳으신 고향 같이 말야. 둘은 서로 사랑하지 않는 모양이다.

질끈 잡아 쩬 배를 잡고 신음하고 있다. 그러면서도 강하게 아주 강렬하게 살고 싶어 한다. 사방을 마구 뒹

굴다 진통제를 맞고는 멍청해진다. 약하디 약한 자. 인턴은 오늘도 부지런히 다니고 있는 모양이다. 온 병실을 다 잡아 먹을 듯 다니는 그의 구두 소리. 옆 침대의 환자는 우리가 육 인실 환자라는 것을 알지 못한 채 물끄러미 바라보고 있다. 육 인실 환자에게는 동정조차도 필요하지 않다. 그리고 동정을 받을 필요도 없다. 같은 곳에서 서로의 은밀한 구석까지 내보이며 부대끼고 있으니까.

간호사가 들어와 한 번 보고 나간다. 그녀가 나를 사랑할까? 내가 이 병상에 누워 모든 것을 맡기고 지내는 동안은 사랑을 받을까? 허공에 매어 있는 링거만이 나를 지키고 있다. 저걸 떼어버린다면 어떻게 될까? 피똥이 나올까? 수술 후의 링거는 뱃속에 들어 있는 것을 제거하기 위해 맞는다는데 말이야. 누구나 약을 먹고 살아갈 수 있다는 것이 편한 세상이라 생각된다. 마치 오직 자기 혼자만이 자신을 가지고 살아가는 것 같은 착각에 빠질 수 있으니까 말야. 그리고선 명동이 마치 고향이라도 되는 양, 명동으로 가서 즉석에서 끓여 주는 진한 원두커피를 마시며 살아가겠지.

아버진 고향을 찾지 못해 오늘도 술을 마신다. 온몸이 술에 빠져 주늙이 들어도 정신만은 말짱하게 돌아와, 이것저것 절대로 불가능한 모든 것을 알고 싶어 한다. 온몸을 술에 절이곤, 사랑하는 당신을 그리워한다. 정직한 자는 살아갈 수도 없다고 한다. 말도 연결되지 않는 것들을 말하고 있다. 어차피 모두 다 사람 같이 살아가지 못하고 있으니 그것이 옳을지도 모른다. 마음속에 남아 걸리적대고 있는 인간의 순수한 찌끼를 빨리 긁어낸 자가 버젓이 고개를 들고 잘난 사람 같이 행세하며 살아가는 곳. 차라리 무당이나 박수가 되어 신과 함께 살아가는 것이 자신을 지킬 수 있는 일인지도 모르는 일. 조그마한 지난날 육체적 부귀를 생각하며 모든 것이 더럽다고 단정해 버린다.

그녀와 만나기 위해 담배를 피는 날은 언제나 졸게 된다. 푹신한 의자에 묻혀 언제나 까닥까닥 졸고 있는 것이다. 그런 날은 언제나 울다가 웃다가 하다간 나도 타협을 할까 얘기를 하면, 그녀는

"이봐요, 그만 두세요. 뭘 어떻게 하려고요? 단 한 사람만이라도 그냥 있어 주세요. 아웃사이드가 있어야

다른 사람들도 재미있어 할 거 아녜요. 만약에 그렇지 못한다면 아마 전부 미쳐 당신 같이 되어 버릴 거예요. 다른 사람의 행동을 계속 주시한다는 것은 못 견딜 일이니까요."

붕대로 칭칭 동여맨 배를 하고 하루에 한 번씩 놀란다. 본인이 집도한 수술 환자를 보러 아주 평안한 웃음을 짓고 검진하는 노회한 주치의 때문에. 복부의 절반 이상을 차지하고 있는 붕대와 거즈 따위들. 이제는 등창이 생기지 않게 하기 위해 몇 번씩 몸을 뒤척이는 운동을 할 뿐이다. 그러나 그것을 하는 일마저 아주 힘들게 느끼게 되었다. 병원식으로 굳어 버렸기에. 병실에서 내려가 서로가 마주보며 불쌍해 하는 환자들 틈에 끼어 거닐지도 못한다. 일 인실, 육 인실 구별 없이 똑같은 환자복의 구별 없는 사람을 바라볼 수 있는 유일한 장소를 말야. 다만 그것을 상상할 뿐이다. 오늘의 이 사람들이 어떻게 해서 다닐 것 같다고.

견고하게 밀폐된 시체실, 환자복을 입고 그곳을 서성대다 온 적이 있다. 순수해진 것일까, 아니면 두려워진 것일까. 모두 사라지고 혼자여서 더욱 몸을 사리는 것인지. 자신에 대해서 너무 많이 몸을 사리면 결국 동화되어 버리고 말 것이라 한 형. 나약해지고 있는 것이 병실의 흰 빛 때문일까. 다만 가끔씩 빠끔 들여다보는 간호사가 나를 사랑하고 있다고 착각한다. 자신있게 살아가고 있는 자를 알고 있기에.

그녀는 흰 백합을 들고 왔다. 쉽게 현실에 적응하는 자일지도 모른다고 생각되어진다. 그러면서 나는 이렇게 자신에 묶어 버리는. 일찍 죽기를 바라는 모양이다. 아마 어떤 멋진 사내를 만난 모양이지, 죽으라고 백합을 들고 왔으니 말야.

여인을 사랑하는 방법을 배우기 위해 거리를 쏘아 다니고 있다. 그러다 앞에 가는 여인을 쫓아 가볍게 허리를 툭 치곤 다섯 손가락을 펼치곤 가능한 심각한 표정을 짓는다.

"아가씨, 이 다섯 손가락 중 어느 것으로 아가씰 쳤을까요?"

쫙 편 손가락을 하나하나 가리키며 되도록 엄숙해지

공범연습

고 있다. 어떤 일을 할 때 엄숙해질 수 있다는 것은 그것이 거짓이 아니라 속에서 우러나오는 진실임을 상기시킬 수 있는 충분한 효과가 있기 때문이다. 돌아선 아가씨의 얼굴 표정의 변화를 전부 잡으려고 애쓰고 있다. 주름 하나 짓는 것까지 그 의미를 알아야 한다. 그렇게 해야 서로를 알지 못해 그냥 헤어진 연인들이 똑같은 감정을 가지고 만나게 될지도 모르기에.

일순 아가씨의 얼굴이 일그러지고 무엇인가를 생각해 내려고 하고 있다. 나는 지금까지의 무수한 실패처럼, '흥, 무슨 이 따위 사람이 다 있어' 하고 돌아서지 않기를 바라고 있다. 철저하게 자기를 가장하고 위장하여 위선 속에서 살아가는 자가 아니길. 그런 사람들 속에서 이런 식으로 나서서 사랑하는 방법을, 살아가는 방법을 배우겠다고 나선 자신이 또다시 우스운 인간이 되지 않게 되기를 바라고 있다.

여인은 갑자기 고개를 바짝 세우고 나의 얼굴을 빤히 바라보았다. 아찔한 생각. 사랑을 아는 여자일지도 모른다고 생각되어진다. 갑자기 그녀의 손이 나의 뺨을 세게 스쳤다. 무엇인가가 잡히고 보일지도 모른다는 깊은 바램. 젊은 남녀의 이런 이상한 광경을 길 가던 사내가 곁눈질을 하고 있다. 상당히 엉큼한 치한으로 여기고 저런 자식은 뺨을 맞고 봉변을 당해도 싸다며 고소해 할지도 모른다. 아니면 흥분하길 잘하는 자신을 으쓱해 보이며 자신은 저런 녀석과는 다르다고 욕하며 지나갈지도 모른다.

"이쪽으로 댁의 뺨을 쳤을까요? 아니면 이쪽으로 쳤을까요?"

아가씨는 친절하게도 손등과 손바닥을 다른 손으로 가리키며 묻고 있다. 그녀만의 암호를 내가 풀 수 있는지를, 살짝 미소마저 지어 보인다. 꾸물거리며 서 있는 내게 아가씨는 여전히 손을 든 채 어서 답을 하라는 눈짓을 보낸다. 모든 것을 사랑하는 방법을 배우는 것도 필요하다고 하던 형이 여인이 내민 손 위에서 겹친다.

"에, 바로 이 손입니다."

그녀의 손을 덥석 잡으며 이렇게 외쳤다.

침대에 누워 발가락을 꼼지락거리며 무료한 시간을 달래고 있다. 수술이 성공적으로 잘되어서, 이렇게 살아 있다는 동물적 본능의 안정감 때문인지는 몰라도 에어컨이 설치되어 있지 않은 이 병실은 삼복더위인 요즘은 너무 덥다고 느낀다. 누워서 바라보고 있는 천장에 파리가 하나 붙어 있다. 죽은 놈인지 산 놈인지 전혀 구별이 가지 않게 옴짝달싹하지 않고 있다. 살짝 문을 열고 간호사가 들어온다. 한 손으로 혈압계를 안고 있는 가지런한 치아를 내보이며 묻는다.

"오늘 기분은 어떠세요."

그리고는 익숙한 솜씨로 겨드랑이에 체온계를 넣고는, 다른 팔을 내일게 하여 혈압을 재기 시작한다.

"네, 덕분에 많이 좋아진 것 같아요."

나도 모르는 사이에 병원식으로 굳어 버렸는지 간호사와 동화되어 가기를 바라고 있는 것 같다.

간호사의 표정을 살펴보았으나 변화가 없다. 철저히 안으로 숨겨 버린 것인지, 아니면 내가 업무상의 친절을 오해하고 있는 것인지, 갑자기 병실 안에 긴장감이 돌았다. 한마디쯤 받아 줄줄 알았던 간호사는 그냥 나가려다 문간에서 한번 웃어 보이곤 사라진다.

침대에서 일어나 병실을 걸어 본다. 창밖의 복숭아

나무에 열매들이 탐스럽게 열려 있다. 오래간만에 한 자리에만 서 있는 시계를 바라보며 사람들은 이 찌는 삼복더위를 피해 산이나 강에서 휴가를 즐기고 있을 것이라 생각한다.

인기척.

뒤로 돌아 앉으려는데 자그마한 손이 와서 눈을 가린다. 상큼한 그녀의 향기가 밀려온다. 낮게 가만히 그녀를 부르며 손을 푼다. 오래간만에 상쾌한 기분으로 그녀를 바라본다. 처음 만났을 때와 같은 흥분과 기대를 갖고. 약간 수척해 보이는 그녀는 더욱 매력적이다. 침대에 나란히 걸터앉는다.

"저 꽃 아직 갖고 있네요."

"응. 저걸 버리면 죽을 것만 같아서. 백합이 저렇게 견뎌 줘서 내가 살아날 수 있었던 것 같아."

그녀는 내가 입원해 있는 동안 서로가 알기 전보다 더욱 심한 소외감에 빠졌다 한다.

"이젠 버려야겠네."

그동안 병실에서 나를 지키고 있던 백합을 버려 달라고 그녀에게 부탁했다.

"어머님 산소 같이 가지 않을래. 내일 퇴원이니. 갔다 오고 나면 정신이 맑아질 것 같아."

수반의 백합을 뽑고 있던 그녀는, 뒤돌아보며 가타부타 없이 어깨를 한번 으쓱인다.

바다의 혼

이젠 모두 다 떠난 것이라고, 김이 탄 버스가 멀어져 가는 것을 보며 사내는 느꼈다. 순간 밑에서부터 서서히 끓어오르는 분노와 이제는 완전히 혼자 남겨졌다는 외로움이 밀려왔다.

걸었다. 좁은 대천 읍내가 낯설고 생소하게 다가왔다. 터미널을 벗어나 거리의 맨 끝을 찾았을 쯤엔 분노는 소리 없이 밀려오는 슬픔으로 변하고 있었다.

염병할, 너무나 사치스러운 인간의 부류로 빠져들고 있는 자신에 대해 사내는 수없이 염병을 먹이고 싶어졌다. 서서히 차오른 분노와 슬픔이 콕 집어 말할 수 있는 분명한 이유가 있는 것이 아니기 때문에 자신이 점점 추루해지고 있는 것을 사내는 알고 있다. 이런 식의 위험한 허물벗기가 스스로를 옭아매고 있는 가장 무서운 멍에라는 것을 알면서도, 사내는 비난의 화살과 그 자신의 내부에서 끓어오르고 있는 슬픔을 가장 한 원망을, 먼저 간 김과 그리고 그녀에게로 핑계를 돌리고 있는 것이다.

아직도 자신은 열심히 살아가고 있는 것을 누군가에게 알리기 위해 시외전화기 앞에 서 있는 자신을 보고, 사내는 얼마나 어리석고 못난 짓을 하고자 하는가를 알았다. 동전을 넣고 몇 초라도 속내를 나눌만한 마땅한 친구가 없다는 것을 생각하며 사내는 슬금슬금 전화기를 내렸다. 그리고는 아주 겸연쩍은 표정을 지으며 그 자리를 떴다.

얼마간의 어슬렁거림만으로 대천 읍내가 갖고 있는 모습을 다 봤다고 생각하는 것처럼, 사내는 사람들이 가지고 있는 생각 또한 그렇게 좁고 융통성 없는 것이라 느꼈다. 그녀 때문에 시작된 이번 여행이 자신을 얼

공범연습

마나 나약하게 만드는 일탈의 작업이 될 것인지를 생각했다. 그리고 서로가 서로를 위해주고 알아주는 척하는 행동이 얼마나 가소로운 것인가도 깨달았다.

가슴의 통증을 느끼며 다방에 앉았다. 왼쪽 심장 위를 단지 몇 초 만에 지나가는 그런 통증이었다. 찰나로 지나가서 알지 못하거나 신경 쓰지 않는 그런 통증처럼, 사람도 전생에 오백겁의 인연이 있어야 옷깃을 스칠 수 있다고 했으니 잠시 만났지만 모르는 사람처럼 지나치는 것을 탓할 수는 없을 것이라고 생각한다. 하지만 찰나도 안되는 그 시간이 사내에게 주는 가장 힘든 고통을 감당하기에는 아직 부족한 사내였다.

'사람이 되고 싶어요. 이름 없는 한 여인이어도 좋고요, 순진무구하게 사랑을 얘기하는 바닷가 꼬맹이라도 좋아요. 선한 여자가 되어서 열심히 사랑하고 싶어요. 이번 여행은 혼자서 가게 해 주세요.'

그리고 그녀는 수화기 너머로 사라졌다. 사내가 알 수 없는 우울증에 빠져 그녀와의 만남을 대안 없이 미루고만 있을 때 그녀는 사내를 벗어나겠다고 통보했다. 사내는 그녀의 속말은 '저도 당신 때문에 부글부글 끓어오르는 속을 삭히며 지낼 수는 없어요. 언제까지 당신의 뀌다놓은 보리짝으로만 지낼 수는 없죠. 당신을 잊기 위한 이별의 통보예요. 앞으로 더 이상 당신의 시답잖은 고민에 나를 넣지 말아주세요.' 라고 생각했다.

버스정류장 옆 가게의 창에 신춘음악회 포스터가 하나 붙어 있었다. 사내는 그것을 보며 마치 지금까진 잊어버리기나 했던 듯이 봄을 기억해냈다.

봄이었다. 진해 군항제를 알리는 관광회사의 선전문이나, 남으로부터 올라오고 있는 화신에 의한 것만은 아니었다. 사람들은 무거운 겨울 코트를 벗어던지며 또한 그만큼씩의 그들의 속에 쌓여있던 눅눅하고 우울한 겨울의 기억을 함께 털어내고들 있었다. 모두들 간직하고 싶지 않은 흔적들을 잘 버리고 있었다.

그것은 봄의 정기였다. 비단 마른나무에 물이 오르고 새싹을 파릇하게만 해주는 것이 아닌, 모든 생명들에 그에 맞는 적절히 기운을 불어넣어 주는 생의 즐거움 같은 것이었다.

공범연습

서울에서 나오는 것과 똑같은 음악이 다방 안을 채우고 있었다. 그것은 어설픈 흉내고 모방이라고 사내는 단정지었다. 또한 사내는 그가 가본 다른 도시나 시골 모두가 개발로 온통 땜질을 하고 있는 서울 흉내를 내고 있지 않았던 곳이 없던 것을 기억해내곤, 쓸쓸한 고소를 지었다.

철 이른 피서객이 찾기에도 이른 초봄이고 주말도 아닌 데도 다방 안은 상당히 붐비고 있었다. 서울에서 이백 몇십 킬로 떨어져 있는 이곳에도 보이지 않는 들뜸이 있는 것 같았다. 사내는 이 들뜸 또한 자신의 우울증에 확실한 이유가 없었던 것처럼, 사람들이 더 이상 홀로 떨어져 살 수 없게 되어버린 살아가는 양식 때문일 것이라고 여겨졌다. 마치 바람난 노처녀같이 제멋대로들 뛰고 있는 사회라고 돌렸다.

사내는 커피를 마시며 아직도 철저히 혼자가 되지 못하는 자신도 결국은 바람난 노처녀일 수밖에 없는 것 같았다. 수첩에는 몇 장의 미발신 엽서가 그의 친구들을 기억해주고 있었다.

김과 대천읍에 내렸을 땐 저녁 아홉 시가 넘고 있었
다. 역전을 빠져나와 시외버스 터미널로 어슬렁거리며
걸었다. 기차역에서 십여 킬로는 더 들어가야 바다를
볼 수 있다는 것을 오는 열차에서 귀동냥해서 들었기
때문이다. 저녁 아홉 시의 대천 읍내는 서울과 별로 다
를 바가 없어보였다.

버스터미널로 가는 길의 읍내는 휘황찬란하게 빛나
살아 움직이는 부유생물과도 같이 느껴졌다. 사내는
눈에 보이는 모습을 그대로 받아들이기는 힘들다는 거
부감이 일었다.

불콰하게 주독이 든 자들이 그들의 억센 말투로 떠
들어대고 있는 버스 안은 소란했었다. 그들은 혈중 알
코올 농도가 몇 프로이면 기분이 좋아지고, 혈액순환
이 빨라져 일을 하는데 도움을 주며, 또 몇 프로의 알
코올이 혈중에 들어있으면 죽는다는 식의 수치에는 전
혀 관심이 없어 보였다. 그들이 즐거워하며 농을 주고
받을 수 있는 것은, 규칙적이고 수치적 속박을 벗어나,
기분 좋아질 만큼 알코올이 만들어주는 자연스럽고 홍
겨운 감정의 카타르시스일 뿐이고, 외모가 우악해 보

이는 그들이 더 친밀하고 순박해질 수 있는 것이라고 사내는 생각했다

"재미있게들 살아가는군."

김이 싱긋 웃으며 말을 건넸다.

"재미있다고. 아니지 저들에게 저것은 재미는 아니지. 매일매일 반복되는 그들의 치열한 삶의 현장인 거지."

둘은 서로 마주보며 픽 웃었다.

여전히 소리 높이 떠들고 있는 그들과 함께 막차는 출발했다. 읍내를 벗어난 버스는 짙은 어둠으로 분간이 가지 않는 시골의 밤길을 열심히 달리고 있었다.

"이게 삶의 현장이라면 말이야, 이 사람들은 버스를 타지 않아야지. 죽창에 삿갓쓴 방랑의 선조들마냥 표주박 옆에 차고 밤길을 걸어가야 하지 않을까."

차창에 김의 얼굴이 반사되어 뚜렷이 보였다. 이곳에서만 가능한 이런 생활이 부러워서 김이 얘기를 왜 꼬는 것일까?

"중요한 것은 말이야, 이제는 더 이상 살아가는 모든 행위에 그에 맞는 의미가 부여되지 않는 것이지. 우리

가 어림 반푼어치도 없는 일이라도 모두 기억되던 조선시대를 살아가는 것은 아니잖아. 매일매일 전쟁을 치러야 하는 지금은, 서로를 배려하고 돌봐주기에는 모두가 힘든 시간을 살아가고 있는 것이지. 때문에 좀 더 힘들고 각박해지고 있는지도 모르고."

김은 말이 없었다. 생각보다 막차의 손님들이 많아 사람이나 짐을 싣고 내리는 일들이 반복되고 있었다. 버스가 해수욕장 입구에 닿을 때까지 둘은 더 이상 얘기가 없었다. 열심히 떠들던 그 승객들은 이미 내린 지 오래였다.

몇 안 되는 승객들에 묻혀 버스를 내린 둘은 바로 앞에서 검은 밤 속에 몸을 숨긴 채 바다가 웃고 있는 것을 보았다.

미발신 엽서들은 모두 어젯밤에 쓴 것이었다. 사내의 발밑에 엽서 조각들이 나뒹굴기 시작했다. 산소를 만들고 탄소동화작용을 하는 엽록소를 가진 생명감을 지닌 푸른 잎에서, 그리움과 사랑을 전달해주는 멋진 메신저로 단장하였지만, 주인을 잘못 만난 엽서는 그

중요한 역할을 하지 못하고 그냥 한 줌 흙으로 다시 돌아가야 할 생채기진 노폐물이 되었다.

다방 레지는 보기 싫은 행동을 하는 외지에서 온 사내를 보며 인상을 찡그렸다. 좀 더 오래 이 짓을 계속한다면 그녀는 다가와서 그만두라고 하며 탁자 아래 쓰레기통을 가리킬 것이라 생각하여 사내는 수신인도 발신인도 없는 몇 장의 엽서는 그냥 탁자 위에 두고 일어섰다.

낮의 거리는 조용했다. 시골 도시 특유의 정밀감이 오후의 대천읍을 감싸고 있었다.

끝까지 같이 하지 못해 미안해. 건강한 한 사람으로 살아갈 수 있도록 아픔을 삭이는 법을 찾았으면 해. 분노의 젊은 청춘이기는 하지만 더 이상은 이렇게 헤매는 모습을 보지 않았으면 좋겠다.

김의 마지막 말을 기억하며 비인행 버스에 몸을 실었다. 봄인데도, 전부가 건강히 살아 움직이는 봄인데도, 버스 안은 후텁지근한 열기가 가득 차 있었다. 버스는 개나리가 한창 피고 있는 지방 국도를 각기 다른 용무와 모습의 사람들을 싣고 달렸다. 낮은 능선을 끼고 모여 있는 촌가들은 봄볕을 함빡 받으며 누워있었다. 봄보리가 앞서거니 뒤서거니 하며 자라고 있는 경지 뒤로 맑은 하늘이 청아함을 한껏 펼치고 있었다.

　방에 가지런히 놓여 있는 기물들은 낯선 두 이방인을 기다리고 있기나 했던 것처럼 아늑하게 느껴졌다. 겨울바다를 찾았던 사람들이 지나간 후여서 사철 중 가장 조용한 때라고 젊은 관리인이 한마디 덧붙인 뒤 돌아섰다. 말처럼 삼층 여관의 손님은 둘밖에 없었다.

　"사람이 없는 곳을 찾아와 살아가는 맛을 느끼니 우리는 또라이가 맞군."

　베란다에 앉아 바다를 바라보며 김이 얘기했다. 하현달이 비추는 바다를 보며, 쉬지 않고 쫓아왔다 밀려가며 찰싹이는 파도가 가끔 사람들을 불안하게 하지만 끊을 수 없는 깊은 맛을 주는 속삭임이라 느꼈다.

　"글쎄, 또라이인지 여유인지는 자세히 모르겠군. 뭐랄까, 남보다 좀 색다른 인간들임엔 틀림이 없겠군."

　그리고 둘은 소리죽여 웃었다. 긴 서치라이트 불빛이 바다를 가끔 밝힐 뿐 살아 움직이는 것이라곤 전혀 보이지 않았다.

"이 정도면 신선도 부럽지 않군."

술을 따르며 김에게 얘기했다. 김이 픽 웃었다. 김의 그 웃음은 이런 정밀이 주는 여유로움 뒤에 무섭게 덮쳐올 외로움이 숨어 있다는 걸 함께 말하고 있는 것임을 사내는 알고 있다. 언제나 새로운 것을 찾지만, 그 새로움에는 자신을 짓누를 수 있는 두려움이 숨어 있다는 것을 알기 때문에 사내는 마주 웃어 주었다.

말없이 술을 들었다. 사내는 갑자기 오싹한 한기를 느꼈다. 아직은 찬 바닷바람 때문만은 아닌 것 같았다. 어쩌면 혼자 오지 못하고 김을 끌고 와서 같이 아파하자고 하고 있기 때문인지도 몰랐다. 사내가 아닌 또 하나의 사내인 김, 그 또 하나의 사내를 보며 점점 왜소해지고 있는 자신을 확인하고 있기 때문인지도 몰랐다. 서로가 줄 수 있는 도움은 단지 약해지고 있는 자신들의 모습을 상대방에게 확인시켜 주는 일 뿐이었다. 사내는 혼자 와서 끊임없이 밀려드는 외로움과 고독감에 긴 밤을 꼬박 새우더라도 그것이 좋지 않을까 싶었다. 김을 통해 자신을 보는 것은 더 어려운 일이기 때문이다.

무섭도록 무겁게 내려앉은 밤바다를 파도가 찰싹이
며 깨우고 있었다.

둘은 얘기를 나눌 만한 새로운 실마리를 찾지 못하
고 있었다. 오직 조금씩 끓어오르는 자신만의 슬픔과
아픔을 느끼고 있을 뿐이었다. 말없이 김이 건네주는
술잔을 받으며, 사내는 이런 기억은, 다시 간직하고 싶
지 않은 이런 기억은, 깡그리 잊어버리리라 작정했다.

적당히 주기가 올라 자러갈 때까지 김은 특별한 말
이 없었다. 슬그머니 일어나선 바다에 쾡한 시선을 한
번 던지고는 방으로 들어갔다. 김이 눈길을 주고 갔던
바다엔 변함없는 잠든 밤을 깨우는 파도의 속살거림이
쉼 없이 계속되고 있었다.

김이 일어나는 것을 보며, 이번 여행은 잘못 온 것이
라고, 이겨내지 못하고 있는 아픔을 재확인하는 것밖
엔 안되며, 아마도 더욱 피곤하고 초췌해져서 서울로
돌아가게 될 것이라고 사내도 느꼈다.

비인의 바닷가는 난데없이 온통 북새통을 이루고 있

공범연습

었다. 이전에 사내가 봐왔고 기억하는 곳이 아니었다. 여기저기 늘려있는 중장비들은 또 하나의 이곳에 새로운 모습을 만들어낼 것이며, 땜질의 서울과 비슷한 또 하나의 거리가 만들어질 것이라 느꼈다. 땜질의 도시, 끊임없이 붙이고 떼고, 지우고 칠하는 서울의 거리에서 안주를 못 찾는 것과 같이 이곳도 더 이상의 안식처로 남아있지는 않을 것임에 분명할 것이었다.

아마도 전과 다른 또 다른 방황이, 또 다른 설렘이 이 좁은 어촌을 감싸게 될 것이리라. 해서 끝도 없는 슬픔을 느끼며 모두는 방황하게 되며 사람이 없는 곳에서 사람을 사랑하고, 구하게 되는 기억을 모두는 가지게 될 것이라고, 그래서 더 이상 진정으로 자신을 찾고 사람을 사랑하게 되는 자들은 없어질 것이라 생각했다.

동백정에 오르니 해는 남은 잔광을 길게 바다에 뿌리고 있었다. 그 햇살은 오랜 방황과 설렘 뒤에 던지는 마지막 웃음이었다. 구름이 낮게 가라앉으며 바닷속으로 살포시 미소를 감추며 숨는 해의 남은 얼굴을 숨겨주고 있었다.

해풍에 온몸을 드러낸 채, 그것을 맞고 있던 사내는 붉게 웃고 있는 바다를 보며 모두가 저렇게 수줍게 자신들을 숨기며 살아가고 있는 것이라고 느꼈다.

그 수줍음은 더 이상의 새로운 시도도 아픔도 아니었다. 모두가 그렇게 받아들이며 매일매일 다른 이야기들을 만들고 있었다. 숨통을 서서히 조이며 밀려오는 속박이 아니라, 어쩌다 일탈도 있기는 하지만, 기쁨의 새로운 날들이었다.

일몰은 궁극적인 슬픔이고 아쉬움이었다. 넓은 바다를 붉게 미소 짓게 하며 그 뒤로 몸을 숨기는 부끄럽게 사라지는 해를 살포시 숨겨주는 구름처럼, 사내가 고민하는 분노나 외로움 혹은 사랑까지도 모두가 함께 풀어나갈 일이라는 것을 알았다.

서서히 어스름이 내려앉는 동백정을 내려오며 사내는 자신의 몸을 눕힐 곳을 생각하기 시작했다.

타자의 거울에 비친 자아정체성 탐색

― 배석봉의 소설

타자의 거울에 비친 자아정체성 탐색
— 배석봉의 소설

1. 글 머리에

배석봉은 1958년 대구 출생이고, 원적은 동해를 밝히는 섬 울릉도다. 대구에서 중학교 1년을 마치고 상경하여 이대부고와 건국대를 다녔다. 일찍이 문필에 경도되어 고등학교 때부터 문학반 활동을 했고, 대학에서는 학보사 기자로 일하며 습작을 했다. 재학 중이던 1979년 건대신문 문화상 소설 부문에 당선하고, 1980년 동아일보 신춘문예 최종심에 오르기도 했다.

당시 건국대에 적을 두고 학보사 주간을 맡고 있던 이동하 소설가, 국문과 교수로 있던 조남현 평론가, 그리고 정창범 평론가로부터 가까이 지도를 받았다. 건국대 문단의 김홍신, 김건일, 나호열, 오만환 등의 문인, 김한길 소설가 등과 문학적 교유가 있었던 터이니 천생 작가의 길을 갈 수밖에 없었다.

배석봉이 문단에 나온 것은 2018년 직장인 신춘문예 소설 부문 가작으로 입상하면서였다. 그런 연후에 3년이 지나 지금 이 첫 창작집을 묶게 되었다. 젊은 시절의 문학 행적에 비추어 보면 늦깎이인 셈이다. 물론 직장생활을 하면서 집중적으로 소설을 돌아볼 겨를이 없었겠으나, 그의 내면에서 불타고 있던 열정이 여전히 그 불씨를 강고하게 간직하고 있었던 것으로 보인다. 이 창작집에는 모두 8편의 단편소설이 수록되어 있다. 그의 소설들은 한결같이 자아와 타자의 관계성에 주목하고, 그 상호작용의 설정이 강박신경증에까지 진행되는 외형을 보여준다. 참으로 치열하게도 시종일관 타자의 거울에 비친 내면적 자아를 탐색하고, 그 의미를 궁구(窮究)하는 소설의 길이 그가 선택한 문학의 강역(疆域)이다.

소설에 있어서 자아의 개념은 궁극적으로 창작 주체인 작가의 형상을 반영한다. 이러한 자아의 각성과 문학적 요체로서의 확립이 이루어진 것은, 동서양을 막론하고 근대사회의 시발 또는 근대정신의 형성과 맞물려 있다. 서민의식 또는 민중의식이 성장하고 서민 자신이 자기 삶의 중심이라는 자각과 더불어 소설이라는 문학 형식이 길을 열었기 때문이다. 여러 본격문학 장르 가운데 소설이 시기적으로 가장 늦게 출발한 사유가 여기에 있기도 하다. 한 국가의 문학이 세계문학의 중심으로 진입하는 데 견인(牽引)의 역할을 한 것이 시보다 오히려 후발(後發)의 소설이었다는 사실을 여기에 견주어 볼 수 있다. 근대 이전의 시가 일견 '귀족'의 것이었다면, 근대 이후의 소설은 확연히 '대중'의 것이다.

이를테면 19세기 후반의 러시아나 독일의 문학, 사상이 범람하고 기법이 후진하던 그 문학을 세계문학사에 기록하게 한 것은 대체로 소설이었다. 세월이 흐르고 시대가 바뀌어도 러시아 문학의 황금기는 1850년경 톨스토이와 도스토옙스키가 출현하던 그 시기다.

공범연습

이들은 끊임없이 자아정체성과 그 존재론적 의미에 대해 질문을 던졌다. 톨스토이는 아예 「인간은 무엇으로 사는가」라는 제목의 소설을 썼고, 도스토옙스키는 『죄와 벌』을 통해 이 문제를 총체적으로 추적했다. 그러기에 세계문학사에서 위대한 작가로 기록된 이들은, 묘사가가 아니라 해설가들이다. 그 이후의 많은 소설가가 이들의 뒤를 이어 자아 탐구의 구경(究竟)을 향한 문학적 발걸음을 옮겼다.

그런데 이 창의적인 문학의 역정(歷程)을 이끈 이들의 생애는, 그 자아의 심원(深遠)에 도달하기 위한 몸부림으로 힘겹고 고통스러운 것이었다. 사정은 다른 언어권의 작가들에게도 마찬가지였다. 19세기 후반에서부터 20세기 초반에 걸쳐 살았던 영국의 작가 D.H.로렌스의 『채털리 부인의 사랑』도, '신비로운 타자성'의 인식에 전력을 기울인 경우였다. 타자는 마침내 자아를 반사하는 기능을 수행하지만, 그 지경(地境)에 이르도록 자아 정립의 주체인 창작자의 고통을 건너뛸 수는 없다. 1840년대 덴마크의 철학자 키엘케골이 만든 신조어 '실존적(existental)'이라는 말은, 결국 '우리의 삶을 어떻게 할 것인가'라는 질문에 답변을 내놓기 위한 것이었다.

이와 같은 삶의 실존과 자아정체성의 탐색은, 이를테면 오늘의 작가들이 짊어지고 있는 숙명 가운데 하나다. 당연히 배석봉과 그의 소설들도 그로부터 자유로울 수 없다. 한 세기를 넘긴 한국 현대문학에서 이러한 작품들의 문학사적 계보는 만만치 않다. 손창섭의 「신의 희작」을 비롯한 일련의 전후문학 소설들, 이청준의 「퇴원」을 비롯한 심리적인 소설들, 그리고 서영은의 「먼 그대」나 양귀자의 「숨은 꽃」 같은 내면적 동통(疼痛)의 소설들을 쉽게 떠올릴 수 있다. 이러한 문학사적 배경 위에서 이제는 배석봉의 소설들을 실제적이고 구체적으로 살펴볼 차례다.

2. 죽음 앞의 두 사내, 기묘한 동행
— 「공범연습」과 「떠나는 자와 남는 자」

「공범연습」은 음산한 겨울밤에 포장마차에서 술을

공범연습

마시는 두 사내의 이야기로 시작된다. 먼저 말을 건 사내는 두 시간만 같이 있어 달라고 부탁하고 군에 있을 때의 사건을 들려준다. 동료였던 '녀석'은 말년휴가를 나갔다가 귀대하지 않았고 애인이었던 여자와 음독자살을 했다. '다행인지 불행인지' 그는 죽고 여자는 살아났다. 사내는 '오늘이 살인하고 이틀째 되는 날'이라고 말한다. 결국 군대 친구의 애인을 죽였다는 것이다. 기실 이 모든 사실은 그의 토로에 의지하고 있을 뿐이며, 소설이 굳이 그 증거를 제시해야 할 이유도 없다. 그런데 이와 같은 사내의 인생 행로에는 그 바탕에 어린 시절부터 겪은 부모, 특히 아버지와의 불협화가 완강하게 잠복해 있다. 사내만 두고 분석하자면, 그의 강박증은 성장 환경의 피폐로부터 연동되어 온 것이다.

그런데 중요한 모티브는 이 사내의 이야기를 듣고 있는 화자 '나' 또한 그 내면의 통증이 만만치 않다는 데 있다. 그의 사연을 들으면서 화자는 '작년에 자살한 복수'를 떠올린다. 화자는 아직 복수가 무엇 때문에 죽었는지 모른다. 더군다나 소설에서는 화자와 복수의 관계도 분명하게 기록되어 있지 않다. 복수는 집을 나간 며칠 후 죽었는데, 그 전에 어떤 암자에 머물다가 여승을 훔친 후 바위에 머리를 박았다는 것이다. 화자와 사내에게는 허망한 죽음을 가까이서 경험했다는 공통점이 있다. 이들은 사내가 돌을 던져 수은등을 박살내는 공공 범죄를 두고 '모종의 사건을 함께 저지르고 있는 공범'의 기분을 느낀다.

눈 때문에 별이 보이지 않았다. 겨울 바다에 가고 싶어졌다. 부서지는 흰 파도가 밀려오는 파도 소리와 함께 떠올랐다.

눈이 쌓이는 속도가 만만치 않았다. 사내에게 담배를 하나 주고, 나도 한 대를 물었다. 사내는 거의 다 탄 담배를 마지막으로 한 모금 더 빨고는 신경질적으로 공중에 꽁초를 튕겼다. 꽁초는 포물선을 그리며 허공을 날다 떨어졌다.

내리던 눈이 그쳤으며, 차가운 북풍도 느껴지지 않았다. 갑자기 너무나 많은 생명들을 보고 있다고 느껴졌다. 탈영병이 총을 들고 다방을 점거하여 인질극을 벌였던 뉴스가 생각났다. 죽음을 각오하며 최후로 벌이는 생명 연

공범연습

습이 탈영인 것은 너무 맞지 않아 보였다.

　나는 자기 말을 마치고 꼬꾸라진 사내가 누구일까 생각했다. 당번병이 자살해 퇴역당한 중대장 혹은 선임하사. 나는 사내가 내게 준 봉투를 뜯을까 생각하다가, 부질없는 일인 것 같아 태워 버렸다. 사내의 흔적이 잠깐 반짝이며 빛났다.

　눈이 다시 내리기 시작한다.

　—「공범연습」 중에서

　겨울밤 눈 속에서 두 사내는 담배를 나눠 피운다. 이들의 관계가 '공범연습'인 것은, 어떤 음모를 함께 꾸미거나 사건의 생성을 도모한 적이 없으며 단지 대화를 통해 심정적 차원의 접근에 머물고 있기 때문이다. 현실적으로 이와 같은 정황은 아무런 탄력을 받지 못할지도 모른다. 그러나 소설이라는 가상의 세계에서는 다른 일이다. 그것 자체가 충분히 생사를 가름하는 동인(動因)이 될 수 있다. 알베르 까뮈의 『이방인』에서 뫼르소가 살인자의 신분으로 전락하는 것은 단순한 심리적 기제로 말미암는다. 이러한 상황적 부조리가 심리적 강박을 매개로 담론을 전개하는 소설에서는 얼마든지 가능하다. 이 소설 「공범연습」도 그렇다.

「떠나는 자와 남는 자」 또한 죽음 앞에 선 두 사내의 이야기라는 점에서는 앞서 살펴본 작품과 유사한 구도를 가졌다. 남한산성 중턱 산속 움막의 사내가 있고, 그를 관찰하면서 그 타자의 형국에 자신을 비추어 보는 '나'라는 화자가 있다. 화자는 각혈의 수준에 이른 병세로 '죽음의 냄새'를 맡는다. 명색이 집주인인 그는 늘 돌아앉아 도망간 애인의 나신(裸身)을 빚고 있다. 화자는 사내가 기거하는 움막의 두 방 중 다른 한 방에 산다. 죽음을 앞둔 자들이 머무는 공간이 된 곳이다. 사내는 '한 오 년쯤' 전에 애인과 헤어졌고, 그로부터 병이 악화되었다. 화자 또한 폐병으로 이 움막으로 기어 들어왔으니, 이들의 동행은 결국 죽음으로 가는 길의 합류인 셈이다.

사내의 몸뚱이를 장작더미에 올려놓고 불을 붙이기 위해 나는 혼신의 노력을 기울였다. 사내의 홑이불을 이용

공범연습

한 여러 번의 시도 끝에 나는 간신히 불을 붙이는데 성공했다. 그리고는 내 방으로 가서 쓰러졌다.

나는 이제야 겨우 내가 있어야 할 자리가 어딘지를 알 수 있을 것 같았다. 사내처럼, 아무런 꿈도 희망도 가질 수 없다는 절망의 끝에서, 지난날의 꿈과 추억만을 곱씹다가 쓰러질 수는 없는 일이다. 이제는 나도 용기있는 행동을 할 필요가 있었다.

나는 자리에 누워 사내의 방에서 찾아낸 유일한 유물인 수면제를 한 움큼 털어넣었다.

청량산은 계속 그렁그렁 소리를 내며 사태가 났고, 그 밑 조그만 움막에서 피어오르던 연기는 길게 하늘을 긋다간 사그라져 갔다.

그러나 나는 깊은 잠에 빠지며 사내는 분명히 하늘로 올라가 멋쟁이 애인을 만날 것이라 되뇌었다.

— 「떠나는 자와 남는 자」 중에서

결국 사내는 먼저 길을 떠났다. 화자가 여러 모양으로 파악한 사내의 삶은, 복잡하고 파란만장한 것이었으며, 그 간난신고를 벗어나지 못하고 최후를 마쳤다. 이 우울한 삶의 모형은 화자에게도 전이되어 그 길을 따라가게 한다. 다만 여기서 새롭게 납득할 수 있는 요소가 있다면, 사내의 경우를 반면교사로 하여 화자가 선택한 길이 그나마 '용기 있는 행동'을 추구한다는 것이다. 화자는 '절망의 끝'에서 '지난날의 꿈과 추억'에만 잠겨 있다가 쓰러지지는 않겠다고 결심한다. 여기에 작지만 완강한 인간 의지의 위의(威儀)가 숨어 있다면, 사내의 삶은 화자의 결의에 유효한 반사경으로서그 역할을 다한 것이 된다. 그 기묘한 동행의 값을 얻은 터이다.

3. 관계성의 이탈, 제3자의 존재
— 「신기루」와 「버려진 혹은 잊혀진」

「신기루」는 '나'와 남편의 관계성에 관한 소설적 구명(究明)의 기록이다. 이 관계성의 성격을 부양하기 위하여 시어머니가 등장하고, 다른 한 사내의 존재도 필

공범연습

요하다. 나는 남편을 따라 섬으로 살러 온 여자다. '처음은 이 섬에 내리는 눈 때문'이었지만, 세상살이가 그렇게 만만하지 않다. '시어머님의 매서운 눈초리와 섬에서의 적막한 생활이 주는 단조로움'이 숨 막히게 한다. 시어머님은 '당신의 아들을 곁에 붙잡아 둘 수 있는 유일한 방편의 하나로 나의 머무름을 묵인'하고 있는 상황이다. 처음 만났을 때 남편은 '안식처'였으나 정작 필요해서 찾을 때는 사라지고 없는 '신기루' 같은 남자다.

몹시도 추운 날이었다. 그날도 나는 전날 늦게까지 술과 불면으로 새벽까지 잠을 들지 못했다. 밤을 새우는 내내 거친 바람이 창을 두드려댔다. 북에서부터 밀려오는 매운 겨울바람은 무시로 사람과 집과 거리를 파고들었다. 미친년 달래 캐듯 난분분 싸돌아다니는 왜바람 소리를 들으며, 나는 섬을 기억해냈고 남편을 생각했다. 남편과 들어간 섬은 나의 작은 목선을 대피시킬 수 있는 신기루였고, 남편은 나를 인도해줄 가장 완벽한 해도였다. 남편을 만났을 때도 그리고 지금도 나는 오아시스를 찾는 길 잃은 양처럼 헤매는 중이었다. 나는 시어머님한테서 쏟아질 꾸중과 수치심을 무릅쓰고 섬으로 들어가기로 했다.

남편의 위로와 사랑을 바라며 섬으로 돌아왔으나 정작 남편은 없었다. 남편은 내가 섬을 떠난 후 나를 찾으러 뭍으로 나갔다 들어오는 일을 반복하다가, 얼마 전 다시 원양바리를 떠났다고 했다. 시어머님은 무슨 책을 읽듯이 아무런 감정 없이 내게 얘기를 했으나, '무슨 염치로 다시 돌아와 억장을 지르느냐'는 원망과 질투가 담긴 도끼눈을 하고 있었다.

—「신기루」 중에서

이렇게 어긋난 관계의 구조를 바로잡을 힘이 '나'에게는 없다. 동시에 그 답답한 현실을 벗어날 길도 없다. '바다를 보며 혼자서 소주를 마시고' 있는 한 사내가 눈에 들어오고 '나'의 도발에 따라 그는 마침내 일정한 역할로 소설의 이야기에 편입된다. 그는 '댁의 남편'이 '조업 중 실족'으로 죽었다는 말을 전한다. 하지만 '나'는 '남편은 결코 실족하지 않았을 것'이라고 생각한다. '남편은 나를 찾기 위한 최후의 방법으로 스스로 바다에 뛰어들었을 것'이라고 유추한다. '나'의 남편이 실족하여 죽었건, 아니면 어떤 유의미한 종말을 조성하려 했건, 그는 '나'에게 신기루의 존재 양식으로 남았다. 이 실종의 방식은 마치 이청준이 쓴 수발(秀拔)한 작품 「이어도」에서의 종결 논리와 비교해 볼 만하다. 이 작가의 이러한 인간관계에 대한 천착은 또 다른 소설에서 계속된다.

죽 이 고 말 리 라.

사내는 그런 음모를 성공적으로 끝내고, 브라운과 함께 그를 비웃으며 즐기고 있을, 자신의 뒤통수를 치고 날아가 버린 여자를 죽이리라 다짐했다. 하지만 악이 받치는 그런 다짐과는 달리, 사내는 이미 무력하게 뒷전으로 밀려나 있는 자신을 발견했다. 사내가 죽이리라고 맹세한 대상들은 이미 자신의 손을 빠져나갔다.

하지만 사내는 여자에 대해, 잭슨 브라운에 대해 가장

효과적이고 잔인한 방법으로 복수를 하리라는 생각을 굳혔다. 일장춘몽이나 미친개에게 물린 것으로 돌리기에는 여자에게 빠져있었던 사내의 자존심이 허락되지 않았다. 무엇보다 여자는 사내의 순수한 사랑을 희롱했다. 그리고 지금은 노랑머리 잭슨 브라운이 말초신경을 자극적으로 분탕을 할 때마다 주체하지 못하고 무한의 쾌락에 빠지며, 사내의 사랑을 낄낄대고 비웃으며 장난치기 아주 재미있었던 덜떨어진 사내였다고 농치고 있을지도 모를 일이다. 사내는 두 사람에게 완벽하게 복수하여 그들의 기만을 누르고 자신의 잃어버린 자존심을 되찾으리라 생각했다.

—「버려진 혹은 잊혀진」중에서

「버려진 혹은 잊혀진」에 등장하는 주인공 사내는 '여자'에게서 버림받은 자다. 그러나 엄밀히 말하면 그가 버림을 받은 것이 아니고 계약 동거를 끝낸 여자가 약속대로 사내를 떠난 형편이다. 사내가 여자에 대한 복수를 꿈꾸는 것, 그리고 여자가 찾아갔을 것으로 여겨지는 '잭슨 브라운'이란 제3자까지 복수의 대상으로 삼는 것은 동거 기간에 저도 모르게 여자에 대한 애정을 가꾸었기 때문이다. 사내는 도회를 떠나 여자와 함께 살던 산골의 움막에서 복수를 위한 칼을 간다. 이 움막은 앞서 살펴본 작품 「떠나는 자와 남는 자」의 그 움막과 환경 조건이 거의 닮아 있다. 종내 사내가 복수를 달성할 수 있을지, 그 복수가 온당한 것인지에 대한 판단은 독자의 몫이다. 사내는 확실하게 여자가 두고 간 새를 죽일 태세인데, 그것이 복수를 대사(代射)할 수 있을지에 대한 수긍 또한 독자에게 남겨져 있다.

4. 대상과의 거리, 그 괴리와 불협화
— 「뫼비우스의 띠」와 「바다의 혼」

「뫼비우스의 띠」는 보기 드물게 단편소설 안에서 두 인물의 시점(視點)을 교차하며 쓴 작품이다. 이렇게 바라보는 눈을 교대하며 소설을 진행하면, 여러 가지 장점이 있다. 우선 복수(複數)의 관찰자가 대상을 조명함으로써 훨씬 본질적이고 입체적인 담화의 범주를 형성한다. 동시에 이야기의 객관적 균형성과 소설적 사고의 다양성을 확보하는 데 유익하다. 그러기에 김원일이 「도요새에 관한 명상」이나 『노을』에서, 이문열이 『영웅시대』에서, 전상국이 「아베의 가족」이나 「여름의 껍질」에서 이 방식으로 성취를 이루었던 것이다. 다만 단편소설이라고 하는 소설의 분량을 감안하고 보면, 이를 사용하기에 궁벽한 후감이 없지는 않다. 그럼에도 불구하고 이 작품에서의 교차 시점 활용은 사뭇 잘된 선택이다.

길을 떠나는 사람과 헤어지고 돌아서기에는 늦은 시간이었다. 몇몇의 전송객만이 걸음을 재촉하며 승강장을 떠났다. 버스가 출발하는 것을 보고 나도 돌아섰다. 지금 나의 마음이 편치 않은 것은 그녀 어머님의 부고를 통보받고도 미적대는 나를 그냥 두고 그녀 혼자 내려갔기 때문이다. 혼자 보낸 것에 대한 미안함 뿐만 아니라 같이 가지 못하는 이유를 설명하지 못했기 때문이다. 인사하지 못한 그녀 쪽 가족이나 친척에 대한 부담, 아니면 며칠 서울을 비울 수 없는 중요한 일. 둘 모두 아닌데 나는 같이 가지 않았다. 어쩌면 그녀를 위해 아무것도 해줄 것이 없다는 자괴심 때문일지도 몰랐다.

…(중략)…

그는 언제나 꿈속에 사는 이상주의자였다. 얘기를 잘해서 나를 웃겨 만드는 타입은 아니었으나 술이 좀 들어가면 겨울 같은 깊은 고립감이나 풍요 속의 피폐함을 얘기했다.

우연한 일이었다. 그에게 몸을 허락한 것도, 같은 지붕 아래서 한솥밥을 나누며 먹게 된 것도, 그리고 서른이란 적지 않은 나이에도 불구하고, 앞날에 대한 아무런 예비도 없이 그와 그럭저럭 생활을 함께 하는 것도 서로가 배반하지 못하고 있는 것도, 둘을 묶고 있는 감정에 의해서일 것이다.

— 「뫼비우스의 띠」 중에서

두 예문은 앞의 글이 '남자'를 화자로 한 것이고, 뒤의 글이 '여자'를 화자로 한 것이다. 우여곡절 끝에 함께 묶여 사는 이들은, 남자가 혼자 '어머님 상가'로 떠나는 여자를 배웅하는 장면으로 출발한다. 남자가 그 어머니의 초상(初喪)에 '미적대는' 데는 그 나름의 사유가 있을 수밖에 없다. 여자의 혼잣길 또한 만만찮은 파장(波長)을 예비한다. 이들은 길을 나누면서, 그 내면의 사유(思惟)공간을 한껏 확장한다. 그렇게 이들의 석연찮은 삶과 사랑은, 그 바닥까지의 면모를 독자 앞에 드러낸다. 남자는 '아직도 승낙받지 못하고 있는 둘의 관계' 외에도 '그녀의 가족을 부담 없이 만날 수 있다는 자신감'의 결여를 걱정한다. 여자는 남자에게서 '예측불허의 사내'라는 느낌을 받았고 그가 건네준 기차표는 '뫼비우스의 띠'로 기억에 남아있다.

뫼비우스의 띠는 좁고 긴 직사각형 종이를 한 번 꼬아서 양쪽 끝을 맞붙인 것으로, '풀려고 애쓰면 더 얽혀드는 매듭이자, 벗어날 수도 없고 시작도 끝도 없는' 띠를 말한다. 이는 안과 밖의 구별이 없는 만큼, 경계가 하나밖에 없는 2차원의 도형이다. 1858년 독일의 수학자 페르디난트 뫼비우스가 발견했고, 한국문학에서 1980년대의 억압적 사회상을 날카롭게 비판한 조세희의 동명(同名) 소설로도 널리 알려져 있다. 배석봉 소설의 '뫼비우스의 띠'는 두 남녀의 사랑이 그들 의식의 차원에서, 또 가족들과의 관계성 차원에서 모두 출구를 얻지 못하는 사태에 대응한다. 그렇게 사고의 주체와 타자의 거리가 좁혀지기 어렵고, 그 사이에 괴리와 불협화가 상존하는 소설의 유형이 또 있다.

　낮의 거리는 조용했다. 시골 도시 특유의 정밀감이 오후의 대천읍을 감싸고 있었다.

　끝까지 같이 하지 못해 미안해. 건강한 한 사람으로 살아갈 수 있도록 아픔을 삭이는 법을 찾았으면 해. 분노의 젊은 청춘이기는 하지만 더 이상은 이렇게 헤매는 모습을 보지 않았으면 좋겠다.

　김의 마지막 말을 기억하며 비인행 버스에 몸을 실었다. 봄인데도, 전부가 건강히 살아 움직이는 봄인데도, 버스 안은 후텁지근한 열기가 가득 차 있었다. 버스는 개나리가 한창 피고 있는 지방 국도를 각기 다른 용무와 모습의 사람들을 싣고 달렸다. 낮은 능선을 끼고 모여 있는 촌가들은 봄볕을 함빡 받으며 누워있었다. 봄보리가 앞서거니 뒤서거니 하며 자라고 있는 경지 뒤로 맑은 하늘이 청아함을 한껏 펼치고 있었다.

　—「바다의 혼」 중에서

「바다의 혼」이 그렇다. 소설의 중심인물인 '사내'는 '김'과 함께 대천 바닷가를 찾았다. 사내와 김의 대화는 서로의 관심사를 나누고 있지만, 사내는 그로부터 자신의 생각이나 행동을 변경할 어떤 감응도 촉발하지 못한다. 사내의 강박감은 오히려 '선한 여자가 되어서 열심히 사랑하고 싶어요. 이번 여행은 혼자 가게 해주세요'란 말을 남기고 수화기 너머로 사라진 '그녀'에 잇대어져 있다. 바닷가의 동행이었던 김이 떠나고 혼자 남은 사내가 목격하는 시골의 좁은 어촌은 그 나름의 풍광과 활력을 보여준다. 사정이 그러하니 고뇌하는 한 영혼과 이에 반하는 경물(景物)들은, 양자의 상거(相距)를 더 크게 하고 불화를 조장한다. 그런데 이 또한 소설적 묘미의 하나다.

5. 환경의 재구성, 사랑의 진정성
— 「아직 가지 않은 길」과 「백합은 향기로 남는다」

「아직 가지 않은 길」은 얼핏 로버트 프로스트의 「가지 않은 길」이란 이름 있는 시를 연상케 한다. 지금까지 검토해본 배석봉의 소설들은 거의 모두가 타자와의 관계 설정을 모색하면서, 그 운동 공간에 침윤하여 새로운 활로를 열어 보이지 못하는 경우가 다반사였다. 그러나 「아직 가지 않은 길」은 등장인물들의 관점을 전환하고 환경을 재구성하여, 두 사람 사이의 사랑을 또 다른 진정성의 차원에서 성찰하는 소설적 국면을 추동한다. '아직 가지 않은 길'이란 소설의 제목이 이미 그와 같은 이야기의 경로를 예정하고 있다 할 것이다. 이렇게 되면 범상한 인간관계와 사랑의 교류가 어느덧 전에 없던 활력과 전망을 담보할 수도 있다.

"여자가 새로 태어나는 것은 사랑에 눈을 뜨면서이죠. 이 땅의 남자들이 새로워지는 것은 사랑, 결혼 같은 달콤한 것보다는 삼 년의 군대생활을 먼저 거쳐야 하죠. 이것은 한 사람의 완전한 남자가 되기 위한 대한민국식 성인식이라고 보면되죠. 하지만 나를 포함한 많은 남자들이 그것을 그렇게 쉽게 받아들이지 못하죠. 대부분의 남자들이 날짜가 적힌 영장을 받으면 많은 혼돈과 두려움에 빠지죠. 과연 잘 때우고 나올까 하는 걱정도 함께 하며 말이죠. 입영 전날 밤은 혼자 보내야겠다며 집을 나와 깎은 중머리로 인옥 씨를 만났을 땐 아무것도 생각할 수 없었죠. 누군가에게는 기억을 남기고 싶었어요. 그래서 내가 찾은 그 기억의 대상이 인옥 씨였죠. 하지만 그것은 처음 생각과는 달리 그때까지 쌓아왔던 둘의 탑을 단단하게 다지는 것이 아니라, 송두리째 뭉개지는 그런 슬픈 시간이 되어 버렸죠."

—「아직 가지 않은 길」 중에서

한강의 네 번째 교각에서 만나오던 세윤과 인옥은 서로 간의 거리감을 극복하려는 최소한의 '의지'를 가지고 있다. 이는 앞에서 언급한 소설들에서는 잘 도출하기 어려운 것이었다. 그러한 성향이 세윤의 '탈영'을 막는 힘이 되었다. 인옥이 세윤을 두고 지속적으로 문제 삼는 바는, 입대 전날에 몸을 나눈 그 기억의 타당성이나 정당성에 관한 것이다. 그래서 일부러 다른 '입대를 기다리는 남자'를 만나 함께 밤을 보내기도 한다. 중요한 사실은 이들이 서로의 가슴속에 숨겨두고 있던 말을 꺼내어 소통하고, 그를 통해 '같이 걷고 싶어 했던 길'을 걸어가기 시작한다는 점이다. 이와 같은 소설의 유형은, 앞으로 이 작가가 음울한 이야기의 터널을 빠져나와 화명(花明)한 경계를 열어갈 수 있을 것이라는 전망을 불러오게 한다.

　산을 타다가 형이랑 별을 본다. 자신있게 살아가지 못하는 자들은 모두 죽은 자라고 하던 형. 하지만 그런 형도 세상을 버린 것을 보면, 살아있는 자가 자신있는 자인지는 모를 일이다. 모든 자들을 사랑할 줄 아는 용기를 가지라 한다. 어떻게 살아가는 것이 사랑하고, 사랑받는 삶인지, 깊은 사랑, 얕게 살아가는 자들.
　별이 온 하늘을 덮고 있다. 이름지어 타박네란다. 걸치는 것 하나 없이 나 태어났던 고향, 어머님을 찾는다. 단

한 번 사랑하고 싶었던 분.

　―「백합은 향기로 남는다」 중에서

　이 소설의 화자인 '나'는 병원에 입원해 있는 '신장
수술 환자'다. 그의 곁을 스쳐 지나가는 여러 인간 군
상(群像)들은 그에게 크게 감동을 주지 못한다. '세상을
버린' 형이나 '단 한 번 사랑하고 싶었던' 어머니가 소
설의 중심부로 육박해 들어오지 못하는 것은 그 때문
이다. 하지만 '나'에게는 이들을 거부하거나 배척하는
기색이 없다. 언제나 시무룩한 '인턴', 병실에 술을 들
고 온 친구, '고향을 찾지 못해' 술을 마시던 아버지 등
과 화자는 긴장 관계를 형성하지 않는다. 그가 집중하
고 있는 대상은 담당 간호사다. 그는 간호사가 '나를
사랑하고 있다'고 착각한다. 그런데 이 모든 관계 형성
은 그래도 크게 무리 없는 순방향으로 작동한다.
　그러기에 화자는 퇴원하고 어머니 산소를 갔다 오면
'정신이 맑아질 것'이라고 예단하는 것이다. 실상은 이
처럼 사소하고 단발적인 작중 화자의 태도 변화에 이

르기까지, 이 작가의 소설은 여러 모양의 정신적 굴곡과 복잡다단한 심리적 경로를 거쳐 왔다. 그의 작중 인물과 그 내부의 존재 자아가 세계와 접촉하고 길항(拮抗)하는 경과는, 환경과의 갈등이나 사람들과의 관계성 파탄이라는, 그리하여 강박신경증의 증상에까지 나아가는 고단한 것이었다. 이를 통해 자아 정체성의 확인과 치유 및 회복이 가능할 것이라는 추단은, 여기서 후반부에 살펴본 작품들과 더불어 가능했다. 유사 이래의 소설이 인간 존재의 탐구와 인간 구원을 향한 소박한 꿈을 포기하지 않았다면, 우리는 그 단초를 배석봉의 그 소설들에서 면대할 수 있었던 것이다.

공범연습

1쇄 발행일 | 2022년 1월 10일

지은이 | 배석봉
펴낸이 | 정화숙
펴낸곳 | 개미

출판등록 | 제313-2001-61호 1992. 2. 18
주소 | (04175) 서울시 마포구 마포대로 12, B-103호(마포동, 한신빌딩)
전화 | (02)704-2546
팩스 | (02)714-2365
E-mail | lily12140@hanmail.net